The 2004 Japanese Language Proficiency Test Level 1 Questions and Correct Answers

平成16年度日本語能力試驗

問題與解答

財團法人 日本國際教育支援協會
獨立行政法人 國際交流基金　授權

1級

☑ 第一堂 **文字・語彙** 考試時間45分鐘

☑ 第二堂 **聽解** 考試時間45分鐘

☑ 第三堂 **讀解・文法** 考試時間90分鐘

三民書局

國家圖書館出版品預行編目資料

平成16年度日本語能力試驗1級問題與解答／財
團法人日本國際教育支援協會,獨立行政法人國
際交流基金編著.－－初版一刷.－－臺北市：三
民，2005
　　　面；　　公分
　　ISBN 957－14－4390－5　（平裝）

1.日本語言－問題集

803.1022　　　　　　　　　　　　　94019022

網路書店位址　http://www.sanmin.com.tw

平成16年度

日本語能力試驗 1 級問題與解答

編著者　財團法人日本國際教育支援協會
　　　　獨立行政法人國際交流基金
發行人　劉振強
著作財　財團法人日本國際教育支援協會
產權人　獨立行政法人國際交流基金
發行所　三民書局股份有限公司
　　　　地址／臺北市復興北路386號
　　　　電話／(02)25006600
　　　　郵撥／0009998－5
印刷所　三民書局股份有限公司
門市部　復北店／臺北市復興北路386號
　　　　重南店／臺北市重慶南路一段61號
初版一刷　2005年10月
編　號　S 805920
基本定價　肆元肆角
行政院新聞局登記證局版臺業字第○二○○號

ISBN　957－14－4390－5　（平裝）

序　言

　　日本語能力試驗係供日本國內外母語非日語的學習者檢定日語能力的測驗，由財團法人日本國際教育支援協會及獨立行政法人國際交流基金共同舉辦。由於此試驗具有國際公信力，所以每年世界各地都有許多學生及社會人士報考。通過測驗者會獲發「日本語能力認定書（日語能力合格證書）」，不僅可作為日語能力之證明，在大學入學甄選或求職時更是一大利器。

　　測驗共分為四級，以1級程度最高，4級最簡單，學習者可依自己的程度選擇適合的級數報考。在臺灣，測驗是由財團法人交流協會主辦，財團法人語言訓練測驗中心協辦，考場分別設立於臺北與高雄兩地。台灣的報名日期為每年9月初，考試一年一次，與日本同步定於12月的第一個週日舉行。

　　日本語能力試驗自1984年首次舉辦以來，規模日益龐大，於2004年全球已有40個國家共129個城市逾35萬5千人報考。1991年台灣成為考區，首度舉辦該試驗以來，報考人數亦逐年增加，2004年共有42,802人報名，足見國內日語學習風氣之盛。

　　為此，本局希望能讓更多學習者掌握出題方向及提升應考能力，特別取得日本國際教育支援協會與國際交流基金之正式轉載授權，出版《平成16年度日本語能力試驗1級問題與解答》。本書內容包含：**2004年度1級試題與解答、答案卡三張、聽解ＣＤ一片、聽解錄音稿**，以及為方便讀者自習並預測及格的可能性，本局特別增附**聽解中譯**與**成績試算表**。相信對日本語能力試驗的考生而言，是最適合用來體驗考試臨場氣氛的書籍。

　　竭誠希望藉由本書，能夠有越來越多的人順利通過日本語能力試驗。最後，謹向提供考題等協助之日本國際教育支援協會與國際交流基金致上最深的謝意。

三民書局　謹識

2005 年 10 月

はじめに

　日本語能力試験は財団法人日本国際教育支援協会及び独立行政法人国際交流基金が、日本国内外の日本語を母語としない人を対象に日本語能力を判定するために行うテストです。国際的にも定評があるので、毎年世界各地の多くの学生や社会人が受験しています。合格者には日本語能力認定書が交付されます。この認定書は日本語能力の認定だけでなく、大学の推薦入試や就職活動の時に、日本語能力の証明書としても使われています。

　試験は4つの級に分かれており、1級が最高レベル、4級が最もやさしいです。学習者の皆さんは自分の能力に合わせて適切なレベルの試験を受けることができます。台湾においては、財団法人交流協会が主催、財団法人語言訓練測験中心が協力という形で、台北と高雄二つの都市の試験会場で実施されています。台湾での出願期間は毎年9月の初めで、年に一度日本と同じ12月の第1日曜日に行われています。

　日本語能力試験は1984年に第1回が行われて以来、年々大々的に行われるようになり、2004年度には世界40ヶ国計129の都市で、35万5千人を超える方がこの試験に参加しました。台湾でも1991年に実施地としての試験開始以来、応募者数が毎年増加の傾向にあります。2004年度に応募者が42,802名に達したのは、台湾における日本語学習ブームの応がりを表していると言えるでしょう。

　このようなブームの中、弊社はより多くの学習者が出題傾向を把握し、回答力か上げるお手伝いができたらと考え、この度、日本国際教育支援協会と国際交流基金より正式に著作の転載許可をいただき、『平成16年度日本語能力試験1級問題與解答』を出版いたしました。本書の内容には、2004年度の1級の試験問題と正解・マークシート解答用紙3枚・聴解のCDとスクリプトのほか、学習者の自習をより手軽にし、合格確率を予測できるよう、聴解の中国語訳・成績試算表もお付けしました。受験生の皆様にとって、試験の臨場感を味わえる最適なものになっていれば幸いです。

　本書を通して、一人でも多くの方が日本語能力試験に満足のいく成績で合格できることを願っております。最後に、試験問題などを提供していただいた日本国際教育支援協会及び国際交流基金に深く感謝を申し上げます。

2005 年 10 月

三民書局

目次 もくじ

1. 2004年（平成16年）度日本語能力試験実施要項

1. 目　的
　日本国内及び国外において、日本語を母語としない者を対象として、日本語能力を測定し、認定することを目的とする。

2. 実施者
　国内においては、財団法人日本国際教育支援協会が、国外においては、独立行政法人国際交流基金（台湾においては、財団法人交流協会）が現地機関の協力を得て実施する。

3. 試験の方法、内容等
（1）対　象　　原則として、日本語を母語としない者
（2）試験日　　平成16年12月5日（日）
（3）実施地　　国内：北海道、宮城県、栃木県、埼玉県、千葉県、東京都、富山県、長野県、静岡県、愛知県、京都府、大阪府、兵庫県、広島県、香川県、福岡県、大分県、沖縄県
　　　　　　　　国外：39の国・地域の99都市
（4）試験の構成及び認定基準
　　　　　1級、2級、3級及び4級の4種とする。各級の構成及び認定基準は、別表のとおりとする。

4. 出願の手続き等
（1）国内
　①　願　　書：所定のもの
　②　受験料：5,460円（消費税を含む。）
　③　受付期間：平成16年7月5日（月）から9月12日（日）まで（消印有効）
　　　追加受付期間：平成16年10月1日（金）から10月15日（金）まで（消印有効）
　　　　＊別途追加受付手数料3,150円が必要
　④　出　　願：日本語能力試験受付センターに提出すること。
（2）国外
　①　願　　書：所定のもの
　②　受験料：独立行政法人国際交流基金が現地協力機関と協議の上、決定する。
　③　受付期間：独立行政法人国際交流基金が現地協力機関と協議の上、決定する。
　④　出　　願：現地協力機関が指定する方法
　　　　　　　　所定の願書に受験料を付して、現地協力機関に提出すること。
（3）出願手続き等の細目については、平成16年7月までに「平成16年度日本語能力試験受験案内」で発表する。

5. 結果の発表等
（1）各級ごとに合否を判定し、受験者全員に、合否結果通知書をもって通知するとともに、合格者には日本語能力認定書を交付する。
（2）日本語能力認定書及び合否結果通知書は、平成17年2月中旬に送付する予定である。
　　　ただし、国外分については、各現地協力機関を通じて発送するため、各受験者に送付されるのは2月下旬の予定である。
（3）独立行政法人 日本学生支援機構の主催による日本留学試験が実施されていない国・地域で受験する者で、日本の大学・短期大学・専修学校への留学を希望する者の成績については、当該大学・学校からの照会があった場合のみ、財団法人日本国際教育支援協会を通じて通知する。

（別　表）

試験の構成及び認定基準

級	構成			認　定　基　準
	類　別	時　間	配　点	
1	文字・語彙 聴　解 読解・文法	45分 45分 90分	100点 100点 200点	高度の文法・漢字（2,000字程度）・語彙（10,000語程度）を習得し、社会生活をする上で必要な、総合的な日本語能力（日本語を900時間程度学習したレベル）
	計	180分	400点	
2	文字・語彙 聴　解 読解・文法	35分 40分 70分	100点 100点 200点	やや高度の文法・漢字（1,000字程度）・語彙（6,000語程度）を習得し、一般的なことがらについて、会話ができ、読み書きできる能力（日本語を600時間程度学習し、中級日本語コースを修了したレベル）
	計	145分	400点	
3	文字・語彙 聴　解 読解・文法	35分 35分 70分	100点 100点 200点	基本的な文法・漢字（300字程度）・語彙（1,500語程度）を習得し、日常生活に役立つ会話ができ、簡単な文章が読み書きできる能力（日本語を300時間程度学習し、初級日本語コースを修了したレベル）
	計	140分	400点	
4	文字・語彙 聴　解 読解・文法	25分 25分 50分	100点 100点 200点	初歩的な文法・漢字（100字程度）・語彙（800語程度）を習得し、簡単な会話ができ、平易な文、又は短い文章が読み書きできる能力（日本語を150時間程度学習し、初級日本語コース前半を修了したレベル）
	計	100分	400点	

平成16年度日本語能力試驗
1級 成績試算表

　　1級測驗的滿分共400分（文字‧語彙100分；聽解100分；讀解‧文法200分）。由於各類別之題數與計分標準不同，故初步加總的滿分為316分。試算實際得分時，必須先除以各類別初步加總的滿分後再乘以100（讀解‧文法乘以200），才是真正的測驗成績。

類　別	配　分	初　步　加　總
文字‧語彙 (もじ ごい) 共65題 滿分100分	1 ～ 40 題每題 1 分	答對　　　　題 **x1** = a
	41 ～ 65 題每題 2 分	答對　　　　題 **x2** = b
	(a+b)÷90×100=A（實際得分） （平成16年全體平均得分<u>67.0分</u>）	
聴解 (ちょう かい) 共29題 滿分100分	問題 I 共 14 題每題 1 分	答對　　　　題 **x1** = c
	問題 II 共 15 題每題 1 分	答對　　　　題 **x1** = d
	(c+d)÷29×100=B（實際得分） （平成16年全體平均得分<u>68.2分</u>）	
読解‧文法 (どっかい ぶんぽう) 共61題 滿分200分	1 ～ 25 題每題 5 分	答對　　　　題 **x5** = e
	26 ～ 61 題每題 2 分	答對　　　　題 **x2** = f
	(e+f)÷197×200=C（實際得分） （平成16年全體平均得分<u>132.2分</u>）	
＊＊ 共155題 滿分400分	*A+B+C = 你的成績* （平成16年全體平均得分<u>267.4分</u>）	

【註】　1級及格分數實為270分（400分×70％），若低於此值，必須多加努力。

（→請續翻p.83）

（２００４）

1 級
文字・語彙
（100点　45分）

受験番号　Examinee Registration Number	

名前　Name	

問題I　次の文の下線をつけた言葉は、どのように読みますか。その読み方を、
それぞれの１・２・３・４から一つ選びなさい。

問1　夕方の墓地は寂しくて人影もない。幽霊が出そうだ。
　　　　　　　　[1]　　　[2]　　　[3]　　　　　　　[4]

　[1] 墓地　　　1　ぼじ　　　　2　ぼち　　　　3　はかち　　　4　はかば
　[2] 寂しくて　1　あやしくて　　　　　　　2　おそろしくて
　　　　　　　　3　さびしくて　　　　　　　4　わびしくて
　[3] 人影　　　1　ひとかげ　　2　ひとごみ　　3　にんえい　　4　にんけい
　[4] 幽霊　　　1　しれい　　　2　しりょう　　3　ゆうれい　　4　ゆうりょう

問2　彼は、会議では終始無言で硬い表情を崩さなかったが、パーティーの席では
　　　　　　　　　　　　　　[5]　[6]　　　　　　　[7]
　　朗らかな様子を見せた。
　　[8]

　[5] 終始　　　1　しじゅう　　2　じしゅう　　3　しゅうし　　4　じゅうし
　[6] 無言　　　1　ぶげん　　　2　ぶごん　　　3　むげん　　　4　むごん
　[7] 崩さなかった　1　かくさなかった　　　　2　くずさなかった
　　　　　　　　　　3　こわさなかった　　　　4　ずらさなかった
　[8] 朗らかな　1　あきらかな　2　うららかな　3　おおらかな　4　ほがらかな

問3　明日、コピーのお金を実費で徴収します。小銭を持って来てください。
　　　　　　　　　　　　　　　　[9]　　[10]　　　　[11]

　[9] 実費　　　1　じひ　　　　2　じっひ　　　3　じつひ　　　4　じっぴ
　[10] 徴収　　　1　びしゅ　　　2　びしゅう　　3　ちょうしゅ　4　ちょうしゅう
　[11] 小銭　　　1　こぜに　　　2　こせん　　　3　しょうぜに　4　しょうせん

問4　当店では、素材を吟味した料理と本場から輸入した各種ワインがお楽しみいただけ
　　　　　　　　[12]　[13]　　　　　　[14]　　　　　　[15]
　　ます。

　[12] 素材　　　1　すざい　　　2　そざい　　　3　すうざい　　4　そうざい
　[13] 吟味　　　1　かんみ　　　2　きんみ　　　3　がんみ　　　4　ぎんみ
　[14] 本場　　　1　ほんば　　　2　もとば　　　3　ほんじょう　4　もとじょう
　[15] 各種　　　1　かくしゅ　　2　かっしゅ　　3　かくしゅう　4　かっしゅう

問題II 次の文の下線をつけた言葉は、ひらがなでどう書きますか。同じひらがなで
書く言葉を、1・2・3・4から一つ選びなさい。

16 脂肪の多い食べ物をあまりとらないようにしてください。

1　裁縫　　　　2　細胞　　　　3　司法　　　　4　死亡

17 研修生を受け入れる態勢ができた。

1　体制　　　　2　統制　　　　3　達成　　　　4　養成

18 その車には欠陥があることがわかった。

1　傑作　　　　2　血管　　　　3　決算　　　　4　結核

19 バスは15分間隔で運転されている。

1　勧告　　　　2　勧誘　　　　3　感覚　　　　4　感激

20 勇敢な消防隊員によって子どもが助け出された。

1　夕刊　　　　2　有効　　　　3　優先　　　　4　郵送

問題III　次の文の下線をつけた言葉は、どのような漢字を書きますか。その漢字を
それぞれの 1・2・3・4 から一つ選びなさい。

問 1　大学の時の友人は、<u>きょうり</u>で<u>らくのう</u>に<u>じゅうじ</u>している。
　　　　　　　　　　　　　　21　　　　　　22　　　　　　23

21	きょうり	1　境里	2　郷里	3　境離	4　郷離
22	らくのう	1　洛農	2　絡農	3　酪農	4　駱農
23	じゅうじ	1　従仕	2　就仕	3　従事	4　就事

問 2　このケーキは、<u>つうじょう</u>のものより<u>さとう</u>の量が<u>ひかえて</u>あります。
　　　　　　　　　　　　24　　　　　　　　　25　　　　　26

24	つうじょう	1　定状	2　通状	3　定常	4　通常
25	さとう	1　砂豆	2　紗豆	3　砂糖	4　紗糖
26	ひかえて	1　抑えて	2　控えて	3　整えて	4　慮えて

問 3　<u>さいばい</u>していたぶどうが、<u>しも</u>のために<u>ぜんめつ</u>してしまった。
　　　　27　　　　　　　　　　　　28　　　　　　29

27	さいばい	1　栽培	2　菜培	3　栽陪	4　菜陪
28	しも	1　雷	2　雹	3　霜	4　霧
29	ぜんめつ	1　全威	2　全減	3　全滅	4　全織

問 4　<u>かんぶ</u>が<u>こうたい</u>して、<u>ほしゅは</u>が少なくなった。
　　　　30　　　　31　　　　　　32

30	かんぶ	1　肝部	2　官部	3　幹部	4　冠部
31	こうたい	1　交代	2　降代	3　交退	4　降退
32	ほしゅは	1　保守派	2　保主派	3　補守派	4　補主派

問 5　ことの<u>しんそう</u>を闇に<u>ほうむる</u>ことだけは、<u>さけなければ</u>ならない。
　　　　　　　33　　　　　34　　（やみ）　　　　　　35

33	しんそう	1　真相	2　深相	3　真層	4　深層
34	ほうむる	1　放むる	2　倣むる	3　捧むる	4　葬る
35	さけなければ	1　僻けなければ	2　避けなければ	3　壁けなければ	4　癖けなければ

—— 4 ——

問題IV 次の文の下線をつけた言葉の二重線（＿＿）の部分は、どのような漢字を書きますか。同じ漢字を使うものを、1・2・3・4から一つ選びなさい。

例 彼が<u>じゅりつ</u>した記録は、まだ破られていない。

1 <u>じゅ</u>もくは手入れが大変だ。

2 最近はコメの<u>じゅ</u>ようがへっている。

3 電話の内容に驚いて、<u>じゅ</u>わきを落とした。

4 犬と猫ではどちらの<u>じゅ</u>みょうが長いのだろう。

　　例の文の下線の言葉は「樹立」と書きます。1から4の言葉はそれぞれ、1は「樹木」、2は「需要」、3は「受話器」、4は「寿命」と書きます。例の文の「樹立」の「樹」と、1の「樹木」の「樹」は同じ漢字ですから、答えは1です。

　　（解答）　| （例）　● ② ③ ④ |

36 彼は<u>れいたん</u>な男で、どんなに人が困っていても助けようとしない。

1 あの人の<u>だいたん</u>なふるまいには驚かされた。

2 これは海の魚で、<u>たんすい</u>には住めない。

3 その国に<u>せんたん</u>技術を学びに行く。

4 その仕事を三人で<u>ぶんたん</u>した。

37 この新聞は<u>こうどくしゃ</u>が多い。

1 新しい辞書は外国人学習者に<u>こうひょう</u>のようだ。

2 世界の平和に<u>こうけん</u>するような仕事をしたい。

3 パソコンの<u>こうしゅう</u>かいに参加した。

4 マンションの<u>こうにゅう</u>を考えている。

38 彼の言葉から<u>すいそく</u>すると、仕事はうまく行っているらしい。

1 <u>すいじ</u>、洗濯など、すべて機械がやってくれる時代が来るかもしれない。

2 <u>ますい</u>のおかげで、手術はちっとも痛くなかったよ。

3 いつも<u>すいみん</u>は十分にとるようにしている。

4 街の緑化を<u>すいしん</u>している。

39 了解じこうを文書にまとめておく。

1 何かへんこうがあれば、早めにお知らせください。

2 二つのグループの間でこうそうが続いている。

3 アンケートの回答をこうもくごとに分析する。

4 げんこうを手で書く人は少なくなった。

40 この辺りでは最近きみょうな現象が見られるという。

1 オーケストラをしきしたのはロボットだった。

2 きすう番号の人は前に出てください。

3 学校に大きな鏡をきぞうした。

4 ロケットはきどうを変えた。

問題V 次の文の下線の部分に入れるのに最も適当なものを、1・2・3・4から一つ
選びなさい。

41 彼女はいつもにこにこしていて_____がいい。

　　1　愛情　　　　　　2　愛想　　　　　　3　感情　　　　　　4　感想

42 家のローンの返済が家計を_____している。

　　1　圧縮　　　　　　2　圧勝　　　　　　3　圧迫　　　　　　4　圧力

43 彼女は自分には才能があると_____いる。

　　1　ひやかして　　　2　おもむいて　　　3　うぬぼれて　　　4　あつらえて

44 私の_____の関心は教育問題にある。

　　1　今更　　　　　　2　最中　　　　　　3　瞬間　　　　　　4　目下

45 私には履歴書に書けるような_____は何もない。

　　1　特技　　　　　　2　特権　　　　　　3　特産　　　　　　4　特集

46 両国は経済的に_____な関係がある。

　　1　精密　　　　　　2　過密　　　　　　3　密度　　　　　　4　密接

47 失敗から多くの_____を学んだ。

　　1　教科　　　　　　2　教訓　　　　　　3　教材　　　　　　4　教習

48 彼、なかなか_____ね。まだあきらめずにがんばってるよ。

　　1　だるい　　　　　2　でかい　　　　　3　しぶとい　　　　4　たやすい

49 子どもに見せたい_____な番組が少なくなった。

　　1　保健　　　　　　2　壮健　　　　　　3　健全　　　　　　4　健在

50 彼女のファッションはいつも_____だ。

　　1　シック　　　　　2　センス　　　　　3　デザイン　　　　4　フォーム

51 キャプテンにうまくチームを＿＿＿してほしい。

1 アップ 　　2 オーバー 　　3 バック 　　4 リード

52 せっかく「一緒に行こう」と言ったのに、＿＿＿断られた。

1 ばかばかしく 　2 そっけなく 　3 すまなく 　　4 いやしく

53 彼はいつも聞かれたことにはっきり答えず、＿＿＿ことばかり言っている。

1 あべこべな 　2 あやふやな 　3 だぶだぶな 　4 ふわふわな

54 ゆり子さんは、後輩の＿＿＿をよく見てくれるやさしい人です。

1 面倒 　　2 世話 　　3 助け 　　4 手伝い

55 その動物は人間に＿＿＿を加えることがある。

1 迫害 　　2 障害 　　3 災害 　　4 危害

問題Ⅵ　次の 56 から 60 の＿＿＿＿＿の言葉の意味が、はじめの文と最もちかい意味で

　　　　使われている文を、1・2・3・4から一つ選びなさい。

56 手……何かいい手はないものか。

　1　行く手にあかりが見えてきた。

　2　子どもは手がかかるものだ。

　3　三人ではとても手が足りない。

　4　じゃあ、その手でいこう。

57 曇る……なんだか顔が曇ってるね。

　1　彼は欲のせいで目が曇っている。

　2　この鏡は曇らない加工がされている。

　3　その話題が出たとたん、田中さんの声が急に曇った。

　4　空が急に曇ってきましたね。

58 にらむ……故障の原因を調べたら、私のにらんだとおりだった。

　1　あの男が犯人だとにらんでいる。

　2　電車の中で、隣の人ににらまれてしまった。

　3　パソコンの画面をにらんでいたら、課長に声をかけられた。

　4　よく遅刻するので部長ににらまれている気がする。

59 きたない……彼は勝つためならきたないことでも平気でする。

　1　そんなきたない言葉を使ってはいけない。

　2　きたない字なので読めない。

　3　きたないからさわっちゃだめよ。

　4　きたない金を受け取ったことを後悔した。

60 運動……住民の運動で、新しい公園ができた。

　1　星の運動を観察している。

　2　選挙に向けて地元で運動ができなかったことが敗因だ。

　3　健康のために、少しは運動したほうがいいですよ。

　4　新しく市民のための運動施設が作られるらしい。

問題VII　次の61から65の言葉の使い方として最も適切なものを、それぞれの

　　　　1・2・3・4から一つ選びなさい。

61 一括

　　1　一括して50人集まった。

　　2　今日は家内と一括して買い物に行くつもりです。

　　3　グラスのビールを一括して飲んだ。

　　4　各々が行ってきた業務を一括して処理することにした。

62 かんぺき

　　1　あの俳優のかんぺきな演技には驚いた。

　　2　彼はいつも任務をかんぺきします。

　　3　この薬の取りあつかいにはかんぺき気をつけること。

　　4　この書類はかんぺき的でどこにも間違いがありません。

63 ののしる

　　1　会社で大きなミスをしてしまい、大声でののしられた。

　　2　子どもが悪いことをしたらののしることが大切な教育です。

　　3　立ち入り禁止の所に入ろうとしている人をそっとののしった。

　　4　友人に頼まれて英語の手紙をののしってあげた。

64 ボイコット

　　1　明日は忙しいので、健康診断はボイコットすることにした。

　　2　学生は教師に不満を持って、授業をボイコットしたそうだ。

　　3　風邪をひいて会社をボイコットした。

　　4　天気がよかったので、午後の会議をボイコットした。

65 いやに

　　1　いいカメラだけど、高いからいやに買いたくない。

　　2　毎日勉強したので、いやに成績が上がって嬉しい。

　　3　最近いやに元気がないね。悩みでもあるの？

　　4　いやにだんだんあたたかくなって、過ごしやすくなりました。

（２００４）

１　級
聴　解
（100点　45分）

注　Notes　意

1. 試験開始の合図があるまで、この問題用紙を開けないでください。
   Do not open this question booklet before the test begins.

2. この問題用紙を持ち帰ることはできません。
   Do not take this question booklet with you after the test.

3. 受験番号と名前を下の欄に、受験票と同じようにはっきりと書いてください。
   Write your registration number and name clearly in each box below as written on your test voucher.

4. この問題用紙は、全部で11ページあります。
   This question booklet has 11 pages.

5. 問題Ⅰと問題Ⅱでは解答のしかたが違います。例をよく見て注意してください。
   Answering methods for Part I and Part II are different. Please study the examples carefully and mark correctly.

6. テープを聞きながら、この問題用紙にメモをとってもかまいません。
   You may make notes in this question booklet.

受験番号　Examinee Registration Number	

名前　Name	

問題 I

例 1

問　題　I			
解答番号	解　答　欄 Answer		
	1	2	3	4
例 1	●	②	③	④

例2

1.　仕事と勉強

2.　仕事と観光

3.　観光と勉強

4.　仕事と勉強と観光

問　題　Ⅰ				
解答番号	解　答　欄 Answer			
	1	2	3	4
例 1	●	②	③	④
例 2	●	②	③	④

1番

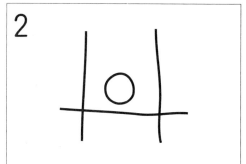

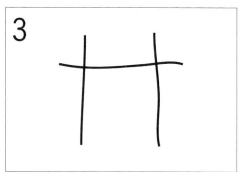

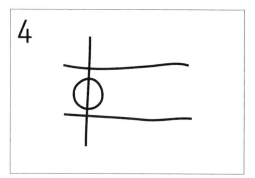

2番

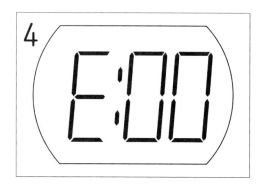

3番

1

2

3
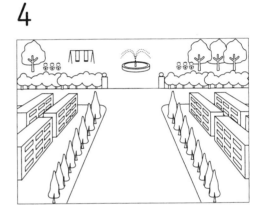

4

4番

1. 理科　95/₁₀₀　社会　95/₁₀₀

2. 理科　100/₁₀₀　社会　23/₁₀₀

3. 理科　95/₁₀₀　社会　23/₁₀₀

4. 理科　100/₁₀₀　社会　95/₁₀₀

5番

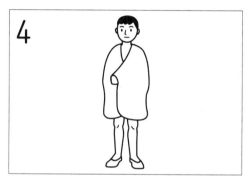

6番

1.　　ハム、チーズ、レタスのサラダ

2.　レタス、たまご、チーズのサラダ

3.　　ハム、トマト、レタスのサラダ

4.　トマト、たまご、レタスのサラダ

7番

8番

1
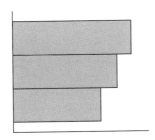

2
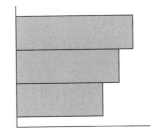

3
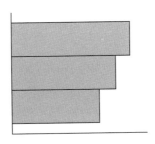

4
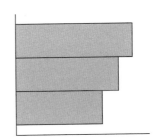

9番

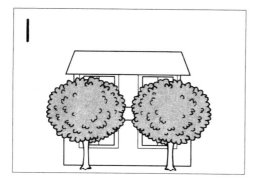

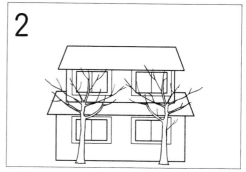

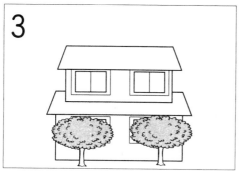

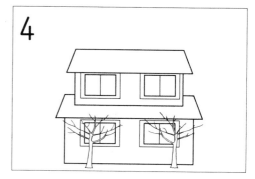

10番

1. 900円

2. 800円

3. 600円

4. 500円

11番

1

4月						
日	月	火	水	木	金	土
	1	2	③	4	⑤	6
7	8	9	10	11	12	13
14	15	16	17	18	19	20
21	22	23	24	25	26	27
28	29	30				

2

4月						
日	月	火	水	木	金	土
	1	2	3	④	5	⑥
7	8	9	10	11	12	13
14	15	16	17	18	19	20
21	22	23	24	25	26	27
28	29	30				

3

4月						
日	月	火	水	木	金	土
	1	2	3	4	⑤	⑥
7	8	9	10	11	12	13
14	15	16	17	18	19	20
21	22	23	24	25	26	27
28	29	30				

4

4月						
日	月	火	水	木	金	土
	1	2	3	④	⑤	6
7	8	9	10	11	12	13
14	15	16	17	18	19	20
21	22	23	24	25	26	27
28	29	30				

12番

1

2004. 12. 1

山田あき

2

2004. 12. 1

山田あき

3

2004. 12. 1

山田あき

4

2004. 12. 1

山田あき

13番

1. 3000人減らす。

2. 4000人減らす。

3. 5000人減らす。

4. 8000人減らす。

14番

1. 797 23 98

2. 797 23 58

3. 797 23 90

4. 797 23 50

問題II　　絵などはありません。

例

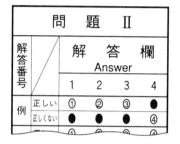

問　題　II				
解答番号	解　答　欄 Answer			
	1	2	3	4
例 正しい	①	②	③	●
正しくない	●	●	●	④

このページはメモに使ってもいいです。

> 　16番は設問の指示が不適切で、誤解を招く恐れがあるものでありましたので、この問題は採点対象外としました。

（２００４）

1 級
読解・文法
（200点　90分）

受験番号　Examinee Registration Number	

名前　Name	

問題Ⅰ　次の文章を読んで、後の問いに答えなさい。答えは、1・2・3・4から最も
　　　　適当なものを一つ選びなさい。

　知覚の役割は、教科書的には、当面の世界の状況を具体的に把握することだと説明さ
(注1)　　　　　　　　　　　　　　(注2)
れる。ある日突然、知覚の一つを失ったことを考えると、それはよくわかる。それぞれの
知覚についての教科書的な説明は、だから五感という入力そのものの具体的な説明であ
　　　　　　　　　　　　　　　　　　　(注3)　　　(注4)
る。しかし脳にとっての知覚入力全体の役割は、それぞれの知覚そのものが果たす役割と
は、違うはずである。脳はそうした諸入力の共通の処理装置でもあるからである。ヒトの
知覚入力が脳で究極的に処理されて生じる、もっとも重要なことはなにか。

　私はそれを世界像の構築だと考える。われわれはだれでも、ある世界に住んでいると
　　　　　　　　(注5)
思っている。その世界では、熱いものに触れれば火傷し、火傷するとしばらく痛む。私の家
　　　　　　　　　　　　　　　　　　　　やけど
からしばらく歩けばお寺があり、休日には何人もの人が写真をとったり、見物しているの
を見ることができる。そこから20分も歩けば、鎌倉駅に着く。そこには東京方面と横須賀
　　　　　　　　　　　　　　　　　　かまくら　　　　　　　　　　　　　　　　よこすか
方面行きの電車が走っており、少し違った方向へ行けば、江ノ島電鉄線に乗れることが
　　　　　　　　　　　　　　　　　　　　　　　　　　え の しまでんてつせん
　　　　　　　　　　　　　　　　　　　　　　　　　　(注6)
わかっている。

　こうした身のまわりの世界像は、動物でも多かれ少なかれ、持っているはずである。た
とえば私の家のネコも、自分の住む世界をそれなりに把握している。それはどうやらお寺
の庭までらしい。そこまで出かけているのは見ることがあるが、それ以上先では、見かけ
たことがないからである。このネコを抱いて、ネコの知っているらしい範囲から出ようと
すると、手のなかで暴れだし、飛び降りて逃げてしまう。

　単純な世界像の一つとして、ダニの世界を挙げることができる。<u>葉上にいる吸血性の</u>
　　　　　　　　　　　　　　　　　(注7)　　　　　　　　　　　　　　　　　きゅうけつせい
<u>ダニ</u>は、炭酸ガスに反応して、運動がさかんになる。炭酸ガスの濃度が上がることは、
①　　　たんさん　　　　　　　　　　　　　　　　　　　　　　　　　　(注8)
　　(注9)
近くに呼吸をする動物が近づいた可能性を意味するからである。そこにわずかな震動が加
　　　　　　　　　　　　　　　　　　　　　　　　　　　　　　　　　　しんどう
わると、ダニは落下する。うまく落下すれば、動物のからだの上に落ちる。そこが37度程
度の温度であり、あとは酪酸の臭いがすれば、ダニはただちに吸血行動を始める。　（中
　　　　　　　　らくさん　にお
　　　　　　　　(注10)
略）このように、動物がそれぞれの限られた知覚装置から、自己の生存に必要な世界像を
作っているであろうということは、ヤコブ・フォン・エクスキュルによって最初に主張さ
れたことである。

　われわれヒトが持っている世界像は、はるかに複雑である。しかしそうした世界像がで
きあがるについては、ダニの場合と根本的には同じように、そこにさまざまな知覚入力が

あったはずである。それらの入力は、脳で処理され、しばしば保存される。学校で勉強したことも、知覚からの入力である。先生の話を聞けば、話は耳から入ってくる。これは聴覚系からの入力である。教科書を読めば、視覚から入力が入ってくる。こうして五感から入るものを通して、われわれは自分の住む世界がいかなるものであるか、その像を作り出し、把握しようとする。

　このようにして把握された世界は、動物が把握するような自然の世界だけではない。ヒトはさらに社会を作り出す。言い方を変えれば、社会はそうした世界像を、できるだけ共通にまとめようとするものである。ある社会のなかでは、人々はしばしば特定の世界像に対する好みを共有している。だからその社会は、共通の価値観を持ち、人々はしばしば共通の行動を示す。同じ社会のなかでも、友人どうしはそうした世界像が一致している場合が多い。さもないとおたがいに居心地が悪かったり、喧嘩になったりする。特定の世界像を構成し、それを維持し、発展させること、それが社会と文化の役割である。社会はじつは（　②　）である。

（養老孟司『考えるヒト』筑摩書房による）

（注１）　知覚：視覚、聴覚など、感覚器官が対象を見分ける働き
（注２）　当面：いま直面していること
（注３）　五感：視覚、聴覚などの五種の感覚
（注４）　入力：外部から信号やデータなどが与えられること
（注５）　構築：築き上げること
（注６）　江ノ島電鉄線：鉄道の名前
（注７）　ダニ：人や動物の皮膚に食いついて血を吸う小さい虫
（注８）　吸血性の：血を吸う性質のある
（注９）　炭酸ガス：CO_2
（注10）　酪酸：動物の乳脂肪の中にある液体

問 1 筆者によると、脳にはどのような役割があるか。 [1]

1 知覚そのものが持つ働きを使って、世界の中での自分の役割を考えること

2 五感を通して知覚入力し、いろいろなものを見たり、痛いと感じたりすること

3 実際の行動を通して入ってきた知覚により、自分の世界とは違う世界を知ること

4 入ってきた知覚を処理し、自分が住む世界を把握してそのイメージを形成すること

問 2 ネコの世界像について述べた以下の文の中で、正しいものはどれか。 [2]

1 ネコは世界像を持たず、生活する範囲はかなり広い。

2 ネコも世界像を把握しているが、その外側でも生活できるようだ。

3 ネコにも世界像が存在し、ほぼその中だけで生活しているようだ。

4 ネコは世界像を持っていないが、行動範囲はある程度決まっている。

問 3 ①「葉上にいる吸血性のダニ」が世界像を構築する上で最も必要なものは何か。

[3]

1 炭酸ガスと震動と37度の温度と酪酸の臭い

2 37度の温度と酪酸の臭いとダニの運動と震動

3 酪酸の臭いと炭酸ガスと動物の呼吸と吸血行動

4 炭酸ガスと37度の温度と動物の呼吸とダニの運動

問 4 ヒトとダニの世界像について正しいものはどれか。 [4]

1 ヒトの世界像の方が複雑だが、他から知識を学んで世界像を作る点は同じだ。

2 ヒトの世界像の方が複雑であり、ダニは知覚入力を必要としない点で異なる。

3 ヒトの世界像の方が複雑であり、ダニは知覚入力を脳に保存できない点で異なる。

4 ヒトの世界像の方が複雑だが、いろいろな知覚を通して世界像を作る点は同じだ。

問5　ヒトの社会と世界像について述べた以下の文の中で、この文章の内容と合っているものはどれか。　5

1　ある社会のメンバーは、それぞれが個別の世界像を持つが、互いの価値観を一致させようとしている。

2　ある社会のメンバーは、ある世界像に対して同じような価値観のもとで同じような行動をすることが多い。

3　ある社会のメンバーは、世界像が一致していることにより、互いに居心地の悪さを感じたり、喧嘩をしたりする。

4　ある社会のメンバーは、特定の世界像に対して異なった考え方を持つが、その対立の中で世界像を発展させている。

問6　（　②　）に入る最も適当な言葉はどれか。　6

1　各メンバー固有の世界像

2　脳によって作り出された世界

3　文化を維持し、発展させたもの

4　知覚入力によって把握される世界の状況

問題Ⅱ　次の(1)から(4)の文章を読んで、それぞれの問いに対する答えとして最も適当な
　　　　ものを1・2・3・4から一つ選びなさい。

(1)　日本には、「湯水のごとく使う」という言い方がある。「金などを湯や水を使うように、
①
考えなしに、どんどん使ってしまう」という意味である。

　　日本では、昔から水が豊かだと考えられてきた。雨も多いし川も多い。特に東京や大
阪など大きな川のそばにある都市では、あまり水に不自由しなかった。

　　また、日本人は風呂が好きである。たっぷり入れた湯につかり、その湯をどんどん
使って体を洗う。実に気持ちのいいものだ。
（注1）

　　しかし、最近は、「湯水のごとく」という言い方は、ちょっと待ってくれという感じ
②
になってきた。世界の至る所で水が不足しているのである。日本のような国は例外で、
大きな川の流域では、川の水をめぐって国同士が争っているほどである。雨が降らず、
作物が全くとれない国も多い。

　　さらに、温泉を別にすれば、湯をわかすには燃料が必要だ。石油にしてもガスにして
も、決して無限ではない。また、それらを燃やした時に出る二酸化炭素は、地球温暖
（注2）
化の原因とされている。

　　もはや、日本人は、湯や水を、文字通り「湯水のごとく」使えなくなっているのであ
る。

（注1）つかる：入る
（注2）二酸化炭素：CO_2

問1　①「湯水のごとく」という表現の背景には、日本人のどのような考え方があるか。

　　　　　　　　　　　　　　　　　　　　　　　　　　　　　　　　　　　　　　　7

　　1　水はたくさんあるので、気にしないでいくら使ってもいい。

　　2　水はたくさんあるが、大切に使わなければならない。

　　3　お金も水も気にしないでどんどん使ったほうがいい。

　　4　お金も水と同じように、他人に分け与えるべきだ。

問2　最近は、なぜ②「ちょっと待ってくれ」という感じなのか。　$\boxed{8}$

　　1　日本は、水を得るために他の国と争うようになったから

　　2　最近、日本では、昔ほど風呂で湯水（ゆみず）を使わなくなったから

　　3　日本では、雨が少なくなって、水が不足してきているから

　　4　多くの国で水不足になっており、水の大切さを認識すべきだから

問3　湯を「湯水のごとく」使えなくなった理由として正しいものはどれか。　$\boxed{9}$

　　1　地球温暖化の影響で、湯の量が減っているから

　　2　温泉を作るためには、石油やガスなどの燃料をたくさん使うから

　　3　温泉から出る二酸化炭素（にさんかたんそ）は、地球に悪い影響を与えるものだから

　　4　水を湯にするために使う石油やガスは、いつかなくなるものだから

(2)　克服することが難しい障壁があるときに、当初の目標の達成を断念して、その代り(注1)　　　　　　　　　　　　　　　　　　　　　　　　　　　(注2)

に、もとの目標と類似した他の目標を達成することによって、要求の充足をはかるこ(注3)

とを代償行動という。テニスが雨のためできなくなるとピンポンをしたり、Ａ社に入社

できなかった学生が、それと同じ系統のＢ社に入社して満足するようなものである。Ａ

子との恋が実らなかったので、Ａ子にどことなく似たところのあるＢ子と親しくなった

というのも同じである。以上のようなときＢはＡに対して代償価をもつという。ＢがＡ
　　　　　　　　　　　　　　　　　　　　　　　　①

に比べて達成するのが非常に容易であったり、価値的に低いものであれば、Ｂを達成し

てもＡに対する代償にはならない。ＢがＡに類似し、Ｂを得ることの困難度が、Ａを得

ることの困難度よりも大きいか、違いがないときに代償価は大となる。つまり

（　②　）気持ちになるのである。

　しかし代償行動はいつでも生ずるものではない。当初の目標を指向する要求が強く
　　　　　　　　　　　　　　　　　　　　　　　　　　　　　　　(注4)

切実な場合には代償行動による満足は生じがたい。ただの遊び相手ならそれを失っても

ほかのものによって代償満足が得られても、真剣な恋の場合にはほかの人では代えられ

ないのである。ほかの人で代わりになるような関係であれば、本当に好きとはいえない
　　　　　　①

のである。

　　　　　　　　　　　　　　　（詫摩武俊『好きと嫌いの心理学』講談社による）

（注１）障壁：じゃまになるもの

（注２）断念：あきらめる

（注３）充足：みたす

（注４）指向する：目指す

問1 ①「代償価をもつ」を表している発話の例として最も適当なものはどれか。 $\boxed{10}$

1 「本当はあっちが欲しかったんだけど、ちょっと手が出ないな。しかたがない、こっちで我慢しとこうか。これもけっこういいね。」

2 「本当はあっちが欲しかったんだけど、こっちでもいいかと思って、こっちにしちゃった。でも、これじゃ、やっぱりだめだね。」

3 「本当にあっちが欲しかったので、他のものには目もくれずに、ずっと我慢していたんだ。よかったよ、待っていて。」

4 「本当はあっちが欲しかったんだけど、実はこっちにも目をつけていたんだ。どっちも手に入るとはね。」

問2 （ ② ）に入るものはどれか。 $\boxed{11}$

1 Bを得たことでAを失ったような

2 Aを得たことでBを失ったような

3 Aを得たことでBを得たような

4 Bを得たことでAを得たような

問3 ③「ほかの人でも代わりになるような関係[*]」とはどんな関係か。 $\boxed{12}$

1 代償行動の要求を強く持つ関係

2 代償行動では満足できない関係

3 代償行動で満足できる関係

4 代償行動に至らない関係

[*]本文中では「ほかの人で代わりになるような関係」となっていましたが、正答を導き出すためには影響はありません。

(3)　日本語の大きな特徴には、母音(注1)が多いということ以外に、唇をあまり使わずに、口の奥で構音する（言葉をつくる）という点もある。つまり、口元(注2)を動かさずに、喉で言葉をつくってる感じだ。だから、日本語をしゃべっていると、能面とかポーカーフェイスといわれる無表情な顔になる。外国人にとっては、これ①がすごく不気味(注3)に思えるらしい。　（中略）

　試しに、鉛筆かボールペンか何かを、横向きにくわえてしゃべってみよう。

　日本語だとちゃんと聞きとれるようにしゃべれるが、例えば英語だと、何言ってんだかわからなくなる。日本語は口の奥で構音するが、英語などは口の先っぽ(注4)で構音するからだ。口の先っぽに「口かせ」をはめられちゃうと、どうにもならないのだ。

　中国語でも「口かせ」をはめると、何言ってるんだかわからなくなる。というよりも発音すること自体、ほとんど不可能になってしまう。同じアジアのお隣さんの国でも、全然違うのだ。

　母音が多いだけでなく、発音のしかたからしても、日本語は喉声(のどごえ)向きにできている。逆に日本語だからこそ、喉声が完成されたのかもしれない。日本語はつまり「喉語(のどご)②」なのだ。

（中野純『日本人の鳴き声』NTT出版による）

（注1）母音(ぼいん)：声が口の中で通路を妨げられずに出される音。日本語では「あ、い、う、え、お」の音

（注2）口元(くちもと)：口の周辺

（注3）不気味(ぶきみ)：なんとなく気味が悪いこと

（注4）先っぽ(さき)：先のところ

問1　①「これ」とあるが、何のことか。　　　　　13

1　母音(ぼいん)が多いこと

2　表情を変えずに話すこと

3　喉(のど)から音が出てくること

4　発音のしかたが違うこと

― 32 ―

問2 文中の「口かせをはめる」の説明として正しいものはどれか。 14

1 口元（くちもと）を見せないように能面（のうめん）を顔につけること

2 口が開かないように、唇を閉じたままにすること

3 唇が動かないように、細長いものを横にくわえること

4 小さい声でしか話せないように、口のまわりに布をかぶせること

問3 ②「喉語（のどご）」とは何か。 15

1 口元をあまり動かさず、口の奥で言葉をつくる特徴を持つ言語

2 口元をよく動かしながら、口の奥で言葉をつくる特徴を持つ言語

3 ボールペンを横にくわえると、発音することが不可能になるような言語

4 ボールペンを横にくわえて話すと、母音が聞き取りやすくなるような言語

(4)　いつの時代も、親は子どもに成長してもらいたいと願っている。社会構造の変動が比較的少ない時代には、親が覚えている仕事のノウハウや心構えを、そのまま子どもに伝えれば子どもは親の跡を継ぐことができた。かつては、世代が変わっても次の世代がおよそ同じ事をすることができるようにするための「世代間の伝授_①(注1)」が行われてきた。

　　しかし、再生産（リプロダクション）を主目的として伝承を行い得た時代とは、現代は事情が異なる。情報革命を核とした世界的な社会構造変革の波の中で、親は子に、上の世代は下の世代に、「何を伝承したらよいのか_②」がわかりにくくなってきている。バブル期の社会的倫理規範の崩壊とその後のバブル崩壊による不況の長期化によって、大人たち自身が子どもたちに対して、「伝えるべきこと」や「鍛えるべきこと」に関して自信を失ってきている。

　　大人が確信を持って伝授・伝承すべきものを持たない社会は、当然不安定になる。たとえ子どもたちの世代が、それに反抗するにしても、そのような伝承する意志には意味がある。世によく言われる子どもの問題の多くは、「子どもたちに何を伝えるべきなのか」について大人たちが確信や共通認識を持てなくなったことに起因している。(注6)

（斎藤孝『「できる人」はどこがちがうのか』筑摩書房による）

（注1）ノウハウ：やり方
（注2）伝授：伝えること
（注3）伝承：古くからの制度・風習などを受け継ぎ伝えること
（注4）バブル期：日本で土地や株の値段が急激に上昇した時期（1980年代後半）
（注5）倫理：行動規範としての善悪の基準
（注6）起因：それが原因になって、何かが起こること

問1　①「世代間の伝授」とあるが、どのような伝授が行われていたか。　　16

1　親は自分の仕事を自分がやってきたとおりに子どもに教えていた。

2　親は子どもが成長できるように自分より難しい仕事をさせていた。

3　親は社会構造の変動に合わせて、子どもに教える仕事の内容を変えていた。

4　親が仕事のしかたや心構えを直接教えなくても、子どもは同じことができた。

問2　②「『何を伝承したらよいのか』がわかりにくくなってきている」のはなぜか。

17

1　情報革命により、大人が自信を失うような情報しか得られなくなったため

2　バブルが崩壊し不況が続いて、どのようなものを生産しても売れないため

3　社会情勢の変化により、正しいと思われていた規範がそうでなくなったため

4　世界中の情報が簡単に得られるようになり、子どもの興味が親と反対になったため

問3　筆者は、最近の子どもの問題の原因は何だと考えているか。

18

1　子どもに成長してもらいたいと思う親が少なくなっていること

2　社会の変化により、大人が子どもに技術を伝える機会がなくなったこと

3　子どもが反抗するため、大人が何かを伝える気持ちをなくしてしまったこと

4　大人が子どもに何を伝えたらいいかわからず、社会が不安定になっていること

問題Ⅲ 次の⑴から⑸の文章を読んで、それぞれの問いに対する答えとして最も適当なものを1・2・3・4から一つ選びなさい。

⑴ 私は学生たちに時間の活用法について、「テレビを見ているときコマーシャルの間に大急ぎで何かやる、あの瞬発力^(注1)を思い出せ」と教えている。30秒か1分の間にトイレに駆け込んだり、冷蔵庫を開けて何か食べものを取り出したり、われわれは敏捷に^(注2)行動する。あの要領で物事を処理すれば、相当沢山の仕事ができるものなのだ。また、頭をそういう風に使うことによって、錆びつきがちな脳に刺激を与えるよすが^(注3)にもなる。

それをもう少し延長して5分間仕事をいつも幾つか持っていることも大事だ。馴れれば人を待つ5分間で葉書1枚くらい書くことができる。手帳を開いてスケジュールのチェックをしたり、ショッピングリストを作ったり、いろいろなことが5分間で果たせる。だいたい、そういうハンパな時間は雑草^(注4)のようなもので、気がつかないうちに、はびこってしまう^(注5)。（中略）無駄なく使えば、それだけ人生は豊かになる。

（板坂元『ちょっと小粋な話』PHP研究所による）

(注1) 瞬発力：瞬間的に起こる力
(注2) 敏捷に：すばやく
(注3) よすが：助け
(注4) 雑草：農作物、草花などの生長をじゃまする草
(注5) はびこる：いっぱいに広がる

【問い】　人生を豊かにするために、筆者がすすめる時間の使い方はどれか。　19

1　少しでも時間が空いたら、小さな仕事を片づけるようにする。
2　脳の刺激になるように、沢山の仕事を一度に集中して行う。
3　大切な仕事は、あまりあせってしないで、慎重に処理する。
4　忙しい人生の中、ハンパな時間ぐらいはゆっくり過ごす。

(2)　いままで、盛んに「学力」という言葉を使ってきたが、「学力」とは何であろうか。私たちが身近に使っている「学力」という言葉は、驚くなかれ、外国語に翻訳できないのである。それは、学習してどこまで到達したかという、学んだ成果を示す「学力」のほかに、学ぶ力という意味での「学力」があり、この両者が一体となって、わが国では「学力」という言葉をかたちづくってきたからである。したがって、ひとくちに「学力低下」というときに、どちらの学力が低下しているのかをきちんとしておかないと、誤解が生じることになる。大学関係者の多くが指摘する「学力低下」は、単なる知識の量が足りないという学んだ成果を示す「学力」の低下ではない。どうして学んだらよいか分からない、マニュアル通りにしかできない、という学ぶ力としての「学力」の大幅な低下を問題として、現状を憂えているのである。

（上野健爾「『学力低下』とは何か」『学力があぶない』岩波書店による）

(注1)　～なかれ：～てはいけない

(注2)　マニュアル：説明書

(注3)　憂える：悪い結果になるのではないかと心配する

問1　「現状」とあるが、学力についての現状の問題と合っているものはどれか。　**20**

1　知識の量が少ない学生が多い。

2　学び方が分からない学生が多い。

3　学生は「学力」の意味を誤解している。

4　大学関係者は「学力」の意味を誤解している。

問2　筆者の考える「学力」とは何か。　**21**

1　学習して身につけた知識の量

2　外国語学習における知識と学ぶ力

3　学んだ成果と学ぶ力とを合わせたもの

4　どのようにして学んだらよいかを考える力

(3)　私は自分が考えているということを自覚しているので、人というのはみんなこのように考えているものなのだと、つい思ってしまいがちである。私が考えているように、すべての人も考えているものなのだと。

　　しかし、どうやら、そうではない。どころか、考えている人など滅多にいない。年齢と経験を重ねるほどに、この事実をいたく思い知るのである。私にとって当たり前すぎることが、他の人にとっていかに当たり前のことでなかったか。
（注）

（池田晶子「わが闘争」『本の旅人』2002年1月号　角川書店による）

（注）どころか：それどころか

【問い】　「この事実」とは、どのような意味か。　22

　　1　自分が考えているのと同じように、他の人も考えている。

　　2　自分は考えていると思っていたが、実は考えていなかった。

　　3　自分は考えているが、他の人は自分のようには考えていない。

　　4　自分と年齢や経験が異なる人は、自分と同じようには考えていない。

(4)

どのように人智が進んで、コンピューター万能の社会が来ようとも、水を含んだ土の中から一粒の種が発芽する、ということ以上の神秘があるだろうか。

家庭の中にパソコン・ゲームがはいりこみ、コンピューター・ウイルスが世界政治の機構の中に、虫食いのように侵入する時代となったけれども、それよりも日常気付かぬ神秘は、人の手が加わらなかった大地に、有史以前から種子が落ち続けて、今日まで満ち満ちてきた生命の世界である。

それなのに今わたしたちは、親が生きていた間、親のことがわからなかったように、足下の大地、ものみなの母胎の状態について感度がにぶくなった。なにかがおそろしく退化しつつあるのではないか。

（石牟礼道子『形見の声―母層としての風土』筑摩書房による）

（注１）人智：人間の知恵

（注２）有史：文献によって記録が残されている時代

（注３）種子：種

（注４）母胎：母親の体の中

問１ ①「日常気付かぬ神秘」とは、どのようなことを指しているか。 [23]

1 まだ人間がいなかった時代に、植物の種が存在していたこと

2 種が落ち続けて、昔より植物の種類がはるかに多くなったこと

3 コンピューターが発達しても、植物の生長のことはよくわからないということ

4 植物が種から育ち、その繰り返しではるか昔から現在まで生き続けてきたこと

問2　筆者は、なぜ②「なにかがおそろしく退化しつつあるのではないか」と考えているのか。 24

1　親が生きている時に親の気持ちを理解しようとしない子どもが増えたから

2　現代の人々は、生命の誕生のすばらしさに心を動かすことが少なくなったから

3　妊娠している女性の体の状態に気を配って、親切にする人が少なくなったから

4　昔から生き続けてきた植物が、最近の環境の変化により少なくなっているから

(5)　下のグラフは、「進学の最終目標をどこまでと考えているか」という質問に対する日本の高校生の答えを、1982年から2002年まで10年ごとにまとめたものである。なお、1982年の調査では大学と大学院を分けなかったが、1992年と2002年の調査では分けて聞いた。

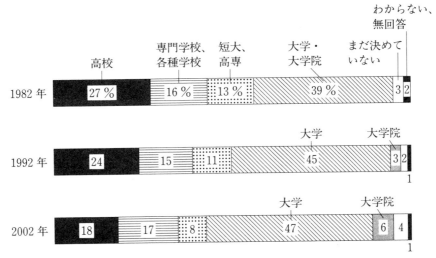

（NHK放送文化研究所編『放送研究と調査』2002年12月号　日本放送出版協会による）

【問い】　グラフの説明として最も適当なものはどれか。　　25

1　20年間の変化をみると、「高校」と「短大、高専」が大きく減少している。一方、「大学」という答えは増加傾向にあるが、「大学院」については、ほとんど変化が見られない。

2　20年間の変化をみると、「高校」と「短大、高専」が大きく減少している。一方、「大学・大学院」という答えは増加傾向にあり、特に「大学院」は1992年から2002年にかけての伸びが目立っている。

3　20年間の変化をみると、「高校」と「短大、高専」が約2分の1に減少している。一方、「大学」という答えはあまり増えていないが、「大学院」については1992年から2002年にかけての伸びが目立っている。

4　20年間の変化をみると、「高校」と「短大、高専」が約2分の1に減少している。一方、「大学・大学院」という答えは1982年から1992年まではあまり増えていないが、1992年から2002年にかけては大きく増えている。

問題IV 次の文の＿＿＿＿にはどんな言葉を入れたらよいか。１・２・３・４から最も適当なものを一つ選びなさい。

26 当社では学歴を＿＿＿＿多くの優秀な人材を集めるため、履歴書の学歴欄を廃止した。

   1　もって　　　　　2　問わず　　　　　3　皮切りに　　　　4　こめて

27 二酸化炭素を多く発生させている国の協力＿＿＿＿、温暖化を防ぐことはできないだろう。

   1　をひかえ　　　　2　ぬきには　　　　3　までなら　　　　4　にひきかえ

28 アパートの住人が突然追い出される＿＿＿＿保護する必要がある。

   1　ことになるよう　　　　　　　　　2　ことのないよう
   3　ことにすればこそ　　　　　　　　4　ことがなければこそ

29 周囲の人が反対＿＿＿＿、私の気持ちは変わらない。

   1　しないとばかりに　　　　　　　　2　したそばから
   3　しようとしまいと　　　　　　　　4　するとすれば

30 彼は会社勤めの＿＿＿＿、福祉活動に積極的に取り組んでいる。

   1　かたわら　　　　2　あまり　　　　　3　うちに　　　　　4　いかんで

31 厳しい経済状況＿＿＿＿、就職は非常に困難だった。

   1　ときたら　　　　　　　　　　　　2　とおもいきや
   3　にもかかわらず　　　　　　　　　4　もあいまって

32 国際政治の専門家＿＿＿＿、日々変化する世界情勢を分析するのは難しい。

   1　とあって　　　　2　にしては　　　　3　にかけては　　　4　といえども

33 著名な画家の行方不明になっていた作品が発見＿＿＿＿、非常に喜ばしいことだ。

   1　されたとは　　　　　　　　　　　2　されては
   3　されるのには　　　　　　　　　　4　されるかどうか

34 様々な苦難に_____、あきらめないで最後までやりぬいた。

1 あいながらも　　　　　　　　　　2 あわんがため

3 あうともなれば　　　　　　　　　4 あったがはやいか

35 先生方のご指導や友人の助け_____、論文を書き上げられなかっただろう。

1 にもまして　　　2 のおかげで　　3 のいたりで　　4 なしには

36 私が事業で成功できたのは、自分_____工夫を重ねたからだと思います。

1 とはいえ　　　2 にかかわり　　3 なりに　　　　4 なくして

37 ドアのところに私のかさを_____いいですか。

1 置かせてくださっても　　　　　　2 お置きくださっても

3 置かせていただいても　　　　　　4 お置きになっても

38 ウイルスの感染経路を明らかに_____調査が行われた。

1 すまじと　　　　2 すべく　　　　3 するはおろか　4 すべからず

39 カメラマンは自らの命も_____戦場に向かった。

1 かぎりに　　　2 すえに　　　　3 かえりみず　　4 さることながら

40 部下を評価する立場になると、優しすぎる_____思い悩む人も少なくない。

1 ほどには　　　2 上には　　　　3 とばかりに　　4 がゆえに

41 親の期待を_____、子供たちは毎日ゲームに熱中している。

1 もとに　　　　2 きっかけに　　3 よそに　　　　4 めぐって

42 募金で集めたお金は1円_____無駄にできない。

1 もかまわず　　2 もそこそこに　3 かたがた　　　4 たりとも

43 母は、ぼんやり、テレビを見るとも_____見ていた。

1 なしに　　　　2 なくて　　　　3 ないで　　　　4 ないと

44 本のタイトルさえ分かれば、_____もあるのだが。

1 探そう　　　　2 探しよう　　　3 探しそう　　　4 探すよう

45 一言も＿＿＿帰ってしまった。

1 しゃべりもしないで　　　　2 しゃべらなかったとて

3 しゃべらなければ　　　　　4 しゃべらざるとも

問題V 次の文の＿＿＿＿にはどんな言葉を入れたらよいか。１・２・３・４から最も適当
　　　なものを一つ選びなさい。

46 私たちは、彼の突然の辞職に、戸惑いを＿＿＿＿。

1　おぼえさせた　　　　　　　　　　2　余儀なくさせた

3　感じきれなかった　　　　　　　　4　禁じえなかった

47 自分の目で確かめない限り、そんな恐ろしいことは誰も＿＿＿＿。

1　信じまい　　　　2　信じかねない　　　3　信じよう　　　　4　信じきれる

48 このような結果は十分予想できたことであり、驚くほどの＿＿＿＿。

1　わけではない　　　　　　　　　　2　ようではない

3　ところではない　　　　　　　　　4　ことではない

49 そんなに頼むのなら、その仕事を代わって＿＿＿＿。

1　やらないものだ　　　　　　　　　2　やらないものでもない

3　やったものだ　　　　　　　　　　4　やったものでもない

50 あとは表紙をつけるだけだから、クラスの文集はもう＿＿＿＿。

1　できないのも無理はない　　　　　2　できないも同然だ

3　できるのも無理はない　　　　　　4　できたも同然だ

51 どんなに安全な地域でも、ドアの鍵を二つつけるなど＿＿＿＿。

1　用心するにこしたことはない　　　2　用心するにたりない

3　用心したくてならない　　　　　　4　用心しがいがない

52 事故はあまりにも突然で、私は何もできず、ただ＿＿＿＿。

1　ぼう然とするまでもなかった　　　2　ぼう然としがちだった

3　ぼう然とするのみだった　　　　　4　ぼう然とするきらいがあった

53 試験終了時間まであと数分だから、この問題にそんなに時間をかけては＿＿＿＿。

1　かなわない　　　2　しかたがない　　　3　いられない　　　4　いなめない

54 美しかった森林が、開発のためすべて切り倒され、見るに＿＿＿。

   1　たえない　　　　2　たえる　　　　　3　たえていない　4　たえた

55 健康的にやせるためには、薬をのんだり食事をぬいたりするより、まずよく体を

動かす＿＿＿。

   1　一方だ　　　　　2　ことだ　　　　　3　限りだ　　　　　4　始末だ

問題Ⅵ 次の文の_____にはどんな言葉を入れたらよいか。１・２・３・４から最も
適当なものを一つ選びなさい。

56 今年は景気が非常に悪く、ボーナスが出なかった。しかし、給料がもらえる_____。
   1　だけましだ　　2　までのことだ　3　かいがある　　4　ほどではない

57 多くの困難にも負けず、努力を続けている彼女はすばらしい。私は彼女の成功
   を_____。
   1　願うわけにはいかない　　　　2　願ってやまない
   3　願うにはあたらない　　　　　4　願わないばかりだ

58 毎日遅くまで、必死に頑張る_____。そんなことをして、体をこわしては意味がない。
   1　べきだ　　　　2　つもりだ　　　3　ことはない　　4　にちがいない

59 彼はいつも仕事が雑だ。間違いを_____。
   1　あげがたい　　　　　　　　　2　あげればきりがない
   3　あげてもしれている　　　　　4　あげるわけがない

60 この精密機械は水に弱い。水が_____。
   1　かかって当たり前だ　　　　　2　かかろうとも平気だ
   3　かかるぐらいのことだ　　　　4　かかればそれまでだ

61 友だちが、余っていたコンサートの券を１枚くれた。それで、私は券を_____。
   1　買わずにはいられなかった　　2　買わざるをえなかった
   3　買わずにすんだ　　　　　　　4　買わずにはすまなかった

1 級　正解と配点

〈文字・語彙〉

問題 I

	問 1				問 2				問 3			問 4			
1	**2**	**3**	**4**	**5**	**6**	**7**	**8**	**9**	**10**	**11**	**12**	**13**	**14**	**15**	
2	3	1	3	3	4	2	4	4	4	1	2	4	1	1	1×15＝15

問題 II

16	**17**	**18**	**19**	**20**	
4	1	2	3	1	1×5＝5

問題 III

	問 1				問 2		問 3			問 4			問 5		
21	**22**	**23**	**24**	**25**	**26**	**27**	**28**	**29**	**30**	**31**	**32**	**33**	**34**	**35**	
2	3	3	4	3	2	1	3	3	3	1	1	1	4	2	1×15＝15

問題 IV

36	**37**	**38**	**39**	**40**	
2	4	4	3	2	1×5＝5

問題 V

41	**42**	**43**	**44**	**45**	**46**	**47**	**48**	**49**	**50**	**51**	**52**	**53**	**54**	**55**	
2	3	3	4	1	4	2	3	3	1	4	2	2	1	4	2×15＝30

問題 VI

56	**57**	**58**	**59**	**60**	
4	3	1	4	2	2×5＝10

問題 VII

61	**62**	**63**	**64**	**65**	
4	1	1	2	3	2×5＝10

配 点　100点満点での得点への換算式：〈問題別配点による合計得点〉÷90×100　　　合計 65問 90点

〈聴　解〉

問題 I

1	**2**	**3**	**4**	**5**	**6**	**7**	**8**	**9**	**10**	**11**	**12**	**13**	**14**	
2	1	3	3	2	3	4	3	1	4	4	2	1	4	1×14＝14

問題 II

1	**2**	**3**	**4**	**5**	**6**	**7**	**8**	**9**	**10**	**11**	**12**	**13**	**14**	**15**	
2	3	1	3	2	1	2	4	2	4	1	4	1	3	3	

16	
／	1×15＝15

配 点　100点満点での得点への換算式：〈問題別配点による合計得点〉÷29×100　　　合計 29問 29点

　　　　※問題 II 16番は採点対象外

— 48 —

〈読解・文法〉

問題Ⅰ

1	2	3	4	5	6
4	3	1	4	2	2

5×6＝30

問題Ⅱ

(1)			(2)			(3)			(4)		
7	8	9	10	11	12	13	14	15	16	17	18
1	4	4	1	4	3	2	3	1	1	3	4

5×12＝60

問題Ⅲ

(1)	(2)		(3)	(4)		(5)
19	20	21	22	23	24	25
1	2	3	3	4	2	2

5×7＝35

問題Ⅳ

26	27	28	29	30	31	32	33	34	35	36	37	38	39	40
2	2	2	3	1	4	4	1	1	4	3	3	2	3	4

41	42	43	44	45
3	4	1	2	1

2×20＝40

問題Ⅴ

46	47	48	49	50	51	52	53	54	55
4	1	4	2	4	1	3	3	1	2

2×10＝20

問題Ⅵ

56	57	58	59	60	61
1	2	3	2	4	3

2×6＝12

配　点　200点満点での得点への換算式：〈問題別配点による合計得点〉÷197×200　　合計 61問 197点

（注）換算した得点は小数点以下第一位を四捨五入する。

— 49 —

1級　平成16年度　日本語能力試験　解答用紙（文字・語彙）

受験番号　Examinee Registration Number

名前　Name

あなたの受験票と同じかどうか確かめてください。
Check up on your Test Voucher.

解答欄 Answer

解答番号	1	2	3	4
1	●	②	③	④
2	●	②	③	④
3	①	●	③	④
4	●	②	③	④
5	①	②	③	④
6	①	●	③	④
7	①	②	●	④
8	①	●	③	④
9	●	②	③	④
10	①	②	③	●
11	①	●	③	④
12	①	②	③	●
13	①	②	●	④
14	●	②	③	④
15	①	②	●	④
16	●	②	③	④
17	①	②	③	●
18	①	②	●	④
19	●	②	③	④
20	①	●	③	④
21	①	②	●	④
22	①	②	●	④
23	①	●	③	④
24	①	●	③	④
25	①	②	③	●

解答番号	1	2	3	4
26	①	②	●	④
27	①	●	③	④
28	①	②	●	④
29	①	②	●	④
30	●	②	③	④
31	①	②	●	④
32	①	②	●	④
33	●	②	③	④
34	①	②	③	●
35	①	●	③	④
36	①	②	③	●
37	①	②	●	④
38	●	②	③	④
39	①	●	③	④
40	①	②	③	●
41	①	②	●	④
42	●	②	③	④
43	①	②	●	④
44	●	②	③	④
45	①	②	●	④
46	①	②	●	④
47	①	②	●	④
48	①	②	●	④
49	①	②	③	④
50	①	●	③	④

解答番号	1	2	3	4
51	①	②	③	●
52	①	②	●	④
53	①	●	③	④
54	●	②	③	④
55	●	②	③	④
56	①	●	③	④
57	①	②	●	④
58	●	②	③	④
59	●	②	③	④
60	①	②	③	●
61	①	②	③	●
62	①	②	●	④
63	①	②	③	④
64	①	②	●	④
65	①	●	③	④

1級　平成16年度　日本語能力試験　解答用紙　（聴解）

受験番号
Examinee Registration Number

名前
Name

↑

あなたの受験票と同じかどうか確かめてください。
Check up on your Test Voucher.

〈 ちゅうい Notes 〉

1. くろいえんぴつ（HB、No. 2）でかいてください。
   Use a black medium soft (HB or No.2) pencil.

2. かきなおすときは、けしゴムできれいにけしてください。
   Erase any unintended marks completely.

3. きたなくしたり、おったりしないでください。
   Do not soil or bend this sheet.

4. マークれい Marking examples

よい Correct	わるい Incorrect
●	⊗ ◯ ◑ ◐ ⊕ ①

問題 I

解答番号	解 答 欄 Answer			
	1	2	3	4
例1	●	②	③	④
例2	●	②	③	④
1	①	②	③	●
2	①	●	③	④
3	①	②	③	●
4	①	②	③	●
5	①	●	③	④
6	①	②	③	●
7	①	②	●	④
8	①	②	③	●
9	①	●	③	④
10	●	②	③	④
11	①	②	●	④
12	①	●	③	④
13	●	②	③	④
14	①	②	③	●

問題 II

解答番号		解 答 欄 Answer			
		1	2	3	4
例	正しい	①	②	③	●
	正しくない	①	②	③	④
1	正しい	①	②	●	④
	正しくない	●	②	③	④
2	正しい	①	②	●	④
	正しくない	①	●	③	④
3	正しい	①	②	●	④
	正しくない	●	②	③	④
4	正しい	●	②	③	④
	正しくない	①	②	●	④
5	正しい	①	●	③	④
	正しくない	①	②	●	④
6	正しい	①	②	●	④
	正しくない	●	②	③	④
7	正しい	①	②	●	④
	正しくない	①	②	●	④
8	正しい	●	②	③	④
	正しくない	①	●	③	④
9	正しい	①	②	●	④
	正しくない	①	②	●	④
10	正しい	●	②	③	④
	正しくない	①	②	●	④

解答番号		解答欄			
		①	②	③	④
11	正しい	●	②	③	④
	正しくない	①	②	●	④
12	正しい	①	●	③	④
	正しくない	●	②	③	④
13	正しい	●	②	③	④
	正しくない	①	②	●	④
14	正しい	●	②	③	④
	正しくない	●	②	③	④
15	正しい	●	②	③	④
	正しくない	①	②	③	④
16	正しい	①	②	③	④
	正しくない	①	②	③	④

＊16は採点対象外

1級

平成16年度　日本語能力試験　解答用紙（読解・文法）

受験番号
Examinee Registration Number

名前
Name

↱ ↰ あなたの受験票と同じかどうか確かめてください。
Check up on your Test Voucher.

〈 ちゅうい Notes 〉

1. くろいえんぴつ（HB, No. 2）でかいてください。
   Use a black medium soft (HB or No.2) pencil.
2. かきなおすときは、けしゴムできれいにけしてください。
   Erase any unintended marks completely.
3. きたなくしたり、おったりしないでください。
   Do not soil or bend this sheet.
4. マークれい　Marking examples

よい Correct	わるい Incorrect
●	⊗ ○ ◐ ◑ ⊕ ①

解答欄 Answer

解答番号	1	2	3	4
1	①	②	③	●
2	①	●	③	④
3	●	②	③	④
4	①	②	●	④
5	①	②	③	●
6	①	●	③	④
7	●	②	③	④
8	①	②	●	④
9	①	●	③	④
10	●	②	③	④
11	●	②	③	④
12	①	②	③	●
13	①	②	●	④
14	●	②	③	④
15	①	②	●	④
16	①	●	③	④
17	①	②	③	●
18	●	②	③	④
19	①	②	●	④
20	①	②	③	●
21	①	●	③	④
22	①	②	●	④
23	①	②	③	●
24	①	●	③	④
25	①	●	③	④

解答欄 Answer

解答番号	1	2	3	4
26	①	②	③	●
27	①	●	③	④
28	①	②	●	④
29	●	②	③	④
30	①	②	③	●
31	①	②	●	④
32	●	②	③	④
33	①	②	③	●
34	●	②	③	④
35	①	②	③	●
36	①	②	●	④
37	①	●	③	④
38	●	②	③	④
39	①	②	③	●
40	①	②	●	④
41	①	②	③	●
42	①	②	●	④
43	●	②	③	④
44	①	②	③	●
45	①	●	③	④
46	●	②	③	④
47	①	●	③	④
48	①	②	③	●
49	①	②	③	●
50	①	②	③	●

解答欄 Answer

解答番号	1	2	3	4
51	●	②	③	④
52	①	②	●	④
53	①	②	③	●
54	●	②	③	④
55	①	②	③	●
56	●	②	③	④
57	①	●	③	④
58	①	②	③	●
59	①	②	③	●
60	●	②	③	④
61	①	②	●	④

1級　聴解スクリプト

（M：男性、男の子　F：女性、女の子）

Track 01 →

🗣 ２００４年日本語能力試験聴解１級。これから１級の聴解試験を始めます。問題用紙を
あけてください。問題用紙のページがないときは、手をあげてください。問題がよく見
えないときも、手をあげてください。いつでもいいです。

🗣 問題Ⅰ

🗣 問題用紙を見て、正しい答えを一つ選んでください。では、練習しましょう。

Track 02 →

例1 男の人と女の人が話しています。青山さんは、どんな顔をしていますか。

M：あっ、鈴木さん。さっき、青山さんっていう人が訪ねてきました。

F：青山さん？

M：えーと、若い男の人でした。

F：太ってました？

M：ええ、そうですね。丸顔でしたね。髪は、短くて、真ん中から分けていまし
たよ。

F：あーっ、分かった。

青山さんは、どんな顔をしていますか。

🗣 正しい答えは、１です。解答用紙の、問題Ⅰの、例1のところを見てください。正しい答
えは、１ですから、答えはこのように書きます。もう一つ練習しましょう。

Track 03 →

例2 男の人と女の人が話しています。女の人は、今までどんな目的で外国に行っ
たのですか。

M：ねえ、外国に行ったことある？

F：うん、あるわ。2回。

M：何しに行ったの。

F：最初は、学生時代に、半年英語を習いに行ったの。

M：へー。で、2回目は。

F：2回目はね、会社に入ってから出張で、10日くらい。でも、今度は、留学
や仕事じゃなくって、観光で行ってみたいわ。

1級　聽解中譯

（M：男人或男孩　　F ：女人或女孩）

🗣 ２００４年日本語能力試驗聽解１級。現在開始１級的聽力測驗。請打開試題本。試題本若有缺頁時，請舉手。若試題看不清楚時，亦請舉手。隨時都可以。

🗣 問題I

🗣 請看試題本選出一個正確答案。那麼就先來練習。

🌼🌼

例1 男人和女人正在講話。青山先生長什麼樣子？

M：啊，鈴木小姐，剛才有位青山先生來訪。

F ：青山先生？

M：嗯，是個年輕的男人。

F ：胖嗎？

M：嗯，是呀。圓臉，頭髮短、中分。

F ：啊，我知道了。

青山先生長什麼樣子？

🗣 正確答案為１。請看答案卡問題I中例１的部分。由於正確答案為１，所以要這樣畫出答案。再練習一題。

🌼🌼

例2 男人和女人正在講話。女人之前是因為什麼目的出國？

M：喂，妳出過國嗎？

F ：嗯，有啊。兩次。

M：是去做什麼？

F ：第一次是學生時代去學半年的英文。

M：哦！那第二次呢？

F ：第二次嘛，是進公司後因為出差，十天左右。不過我下次想要去觀光，而不是因為留學或工作。

M：観光かあ、いいね。

女の人は、今までどんな目的で外国に行ったのですか。

正しい答えは、1です。解答用紙の、問題Iの、例2のところを見てください。正しい
答えは、1ですから、答えはこのように書きます。では、始めます。

Track 04 ▶

1番 先生が生徒に図のかき方を教えています。生徒がかいた図はどれですか。

F：さあ、いいですか。じゃあ、一緒にかきましょう。上から下に縦、縦、と2
本、それから、左から右に横、横、と2本ね。そしてできた四角の真ん中
に、丸。はい、もう1度言います。縦縦、横横、そして丸。ん、あれ？こ
れ、横棒が一本足りないですよ。

生徒がかいた図はどれですか。

Track 05 ▶

2番 男の人と女の人が話しています。女の人の時計は今どうなっていますか。

M：今、何時ごろかな。時計持ってる？

F：うん、えっと。あれ？変だな。

M：さっき駅前の食堂で晩ご飯食べたの、たしか、6時ごろだったろ。あれから
2時間はたってるよね。

F：そうね。ひょっとして、これ、時間を表す数字が変なんじゃない？

M：そうか、この数字の左端が消えていて見えないんだ。

女の人の時計は今どうなっていますか。

Track 06 ▶

3番 男の人がこの地域の歴史について話しています。1942年の写真はどれですか。
1942年の写真です。

M：えー、ここの通りには、以前、電車が走っていました。1935年に開通して、
2000年に廃止された電車です。1942年当時の、この写真を見てください。
電車の通りの突き当たりに、公園があったことがわかります。現在、ここは
東西デパートです。写真には、現在はない並木が写っています。

1942年の写真はどれですか。

M：觀光啊，不錯呀。

女人之前是因為什麼目的出國？

🗣 正確答案為 1。請看答案卡問題 I 中例 2 的部分。由於正確答案為 1，所以要這樣畫出答案。那麼開始測驗。

ᘛᗞᘛᗞᘛᗞᘛᗞᘛᗞᘛᗞᘛᗞᘛᗞᘛᗞᘛᗞᘛᗞᘛᗞᘛᗞᘛᗞᘛᗞ

第 1 題 老師正在教學生圖的畫法。學生畫的圖是哪一個？

F：好，準備好了嗎？那我們一起來畫囉。由上到下直線、直線共兩條，然後由左到右橫線、橫線共兩條。接著在完成的四角形的正中間畫個圓圈。好，我再說一次。直直、橫橫，然後圓圈。咦？這個少了一條橫線哼。

學生畫的圖是哪一個？

ᘛᗞᘛᗞᘛᗞᘛᗞᘛᗞᘛᗞᘛᗞᘛᗞᘛᗞᘛᗞᘛᗞᘛᗞᘛᗞᘛᗞᘛᗞ

第 2 題 男人和女人正在講話。女人的手錶現在是什麼情形？

M：現在幾點了啊？妳有帶手錶嗎？

F：有，嗯…。咦？奇怪了。

M：剛才我們在車站前的餐館吃晚餐，應該是六點左右沒錯吧。在那之後過了兩個鐘頭對吧？

F：對呀。該不會是這個顯示時間的數字有問題吧？

M：對耶，這數字的左邊線消失不見了。

女人的手錶現在是什麼情形？

ᘛᗞᘛᗞᘛᗞᘛᗞᘛᗞᘛᗞᘛᗞᘛᗞᘛᗞᘛᗞᘛᗞᘛᗞᘛᗞᘛᗞᘛᗞ

第 3 題 男人正在敘述這個地區的歷史。 1942 年的照片是哪一張？注意是 1942 年的照片。

M：嗯，這裡的道路以前有電車行駛。電車於 1935 年通車，2000 年時被廢止。請看這張 1942 年當時的照片。可以知道當時電車行駛的道路盡頭有座公園，現在這裡是東西百貨公司。照片上還有行道樹，是現在所沒有的。

1942 年的照片是哪一張？

向及格目標邁進，加油！

4番 お母さんと子どもが話しています。子どものテストの点はどれですか。

F：新ちゃん、先週のテスト、どうだったの？

M：う、うん。

F：見せて。

M：はい……。

F：どれどれ？あら！理科のテストはここさえできれば満点だったじゃない。

M：へへ。

F：何で見せないのよ！で、社会のテストはどうなの？あら。ちょっと！社会は、間違いだらけじゃない！受けるだけじゃなくて、間違えたところ、直しておきなさいねって、いつも言ってるでしょ。

M：はーい。

子どものテストの点はどれですか。

5番 男の人が話しています。この人たちの民族衣装はどれですか。

M：さて、私たちの民族衣装をご紹介します。これは1枚の横に長い布で、これをこのように肩に掛け、腕で前を押さえて、着ます。引きずるほど長いものなので、汚れやすいのですが、これが伝統的な着方です。

この人たちの民族衣装はどれですか。

6番 女の人がコンビニでサラダを選んでいます。女の人が選んだサラダはどれですか。

M：何選んでるの？

F：サラダ。でもね、わたし、卵と牛乳がだめなのよ。

M：そうか。これは？

F：だめ。チーズが入ってるから。

M：そうか、乳製品もだめなんだね。なかなか大変だな。あ。これは？

F：これならいいね。これにする。ありがとう。

女の人が選んだサラダはどれですか。

第4題　媽媽和小孩正在說話。小孩的考試分數是哪一個？

　　F：小新，上個禮拜的考試考得怎樣？

　　M：唔，嗯。

　　F：拿給我看。

　　M：好……。

　　F：在哪？哎呀！如果連這裡也會的話，理科考試不就滿分了嗎？

　　M：嘿嘿。

　　F：為什麼不拿給我看呢！那社會考得怎麼樣？哎呀，真是的！社會錯得一塌糊塗！我不是常跟你說，考試不光是考而已，弄錯的地方（在給我看之前）就要先訂正好的嗎？

　　M：是～。

小孩的考試分數是哪一個？

第5題　男人正在講話。他們的民族服裝是哪一件？

　　M：那麼，我來介紹我們的民族服裝。這是一條長條形的布，穿著時是像這樣披在肩膀上，用手臂壓住前面。由於是長到拖地的程度，所以容易髒，不過這就是傳統的穿法。

他們的民族服裝是哪一件？

第6題　女人正在便利商店挑選沙拉。女人挑選到的沙拉是哪一個？

　　M：妳在挑什麼？

　　F：沙拉。不過，我對蛋和牛奶沒轍。

　　M：這樣啊。這個呢？

　　F：不行，因為有放起司。

　　M：這樣啊，乳製品也不行啊。還真是麻煩呢。啊，這個呢？

　　F：這個可以，就買這個。謝謝。

女人挑選到的沙拉是哪一個？

7番 男の子とお母さんが話しています。男の子の話と合っている絵はどれですか。

M：ねえ、お母さん、今日ね、電車の中で、おばあさんに席を譲ってあげたよ。

F：そう、偉かったわね、じゅんくん。

M：でね、おばあさんが、僕の荷物、持ってあげようかって言ったんだ。でもね、いいですって言ったんだ。

F：あら、持ってもらってもよかったのに。

M：そっかー。

男の子の話と合っている絵はどれですか。

8番 女の人が話しています。今回の調査結果の内容に合っているのはどのグラフですか。

F：大学生を対象として、将来、就職先を選ぶときに重視することについて調査しました。最も多かったのは、「収入が安定していること」と答えた人でした。また調査前の予想に反して「有名であること」と答えた人は、「自分の専門が生かせること」と答えた人ほど多くありませんでした。

今回の調査結果の内容に合っているのはどのグラフですか。

9番 若い社員と部長が写真を見ながら話しています。2人が見ている写真はどれですか。

F：あ、それ、部長のお宅ですか。

M：そう、今年の夏に撮ったんだ。

F：家の前にある大きい木が2本、2階の屋根まで届きそう。

M：うん。このときは夏だったから葉が茂っていたんだけど、今はもう冬だから木の葉もすっかり落ちて、おかげで家の中は明るくなったよ。

F：この写真を撮った頃は、葉が茂っていたんですね。

M：そうだよ。日光を遮ってくれるから、家の中は涼しかったんだ。いいよ、木は。まさに天然のエアコンというところかな。

2人が見ている写真はどれですか。

第7題 男孩跟媽媽正在說話。符合男孩說話內容的圖是哪一個？

M：媽媽，我今天呢，在電車上有讓位給一個老奶奶唷。

F：哦，小潤，真了不起耶！

M：然後呢，老奶奶說她要幫我拿包包，不過呢我說不用了。

F：哎呀，請她拿又沒關係。

M：這樣啊。

符合男孩說話內容的圖是哪一個？

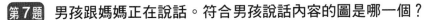

第8題 女人正在講話。符合這次調查結果內容的是哪一個圖表？

F：以大學生為對象，針對其未來挑選工作行業時重視的是什麼做了調查。回答「收入穩定」的人最多。另外，與調查前的預測相反，回答「有名」的人並沒有比回答「能發揮本身專長」的人多。

符合這次調查結果內容的是哪一個圖表？

第9題 年輕職員和經理正邊看照片邊說話。兩人看的照片是哪一張？

F：啊，那是經理的房子嗎？

M：沒錯，是今年夏天拍的。

F：房子前面的兩棵大樹，都快長到二樓屋頂了。

M：嗯。這個時候是夏天，所以葉子很茂密，現在因為已經是冬天，樹葉也全部掉光了，家裡因此變得很明亮唷。

F：拍這張照片的時候，葉子還真是茂盛呢。

M：是呀。因為遮蔽到陽光，所以家裡很涼爽。有樹真的很好喔。簡直就是天然的空調。

兩人看的照片是哪一張？

Track 73→

10番 女の人がスーパーで買い物をしています。女の人が買うものは、いくらになりますか。

F：今日は何にしようかな。

M：本日もご来店いただきまして、まことにありがとうございます。ただいまより、10分間の割引サービスを行います。肉類はすべて半額、果物野菜は20%引き、となります。肉類半額、果物野菜20%引きです。どうぞ売り場へお急ぎください。

F：やったー！今日はステーキにしよう。……よし、これひとつ買おう。おいしそうなお肉だわー。元の値段は1000円ね。

女の人が買うものは、いくらになりますか。

Track 74→

11番 女の人と男の人が電話で話しています。男の人は、いつ大学へ行きますか。

F：はい。みなと大学教務課です。

M：あの、新入生なんですが、4月の授業はいつから始まるんでしょうか。

F：ああ、4月10日からですよ。でも、その前に学部ごとの説明会と健康診断が3日から6日までの間に行われます。学部はどちらですか。

M：経済学部です。

F：えー、経済学部の説明会は4日です。それで、健康診断は6日です。2日とも必ず来てください。

M：あ、実は、6日は都合が悪いんですが……。

F：そうですか。もしどうしても無理なら、その前の日でもいいですよ。

M：はい。分かりました。どうもありがとうございました。

男の人は、いつ大学へ行きますか。

Track 75→

12番 女の人と男の人が話しています。女の人はどの形式で書くように言いましたか。女の人が頼んだ形式です。

F：あら、これじゃだめよ。この手紙。

M：え？

F：日付を右上にしてって言ったでしょう。

M：あ、日付は左じゃありませんでしたか。

F：いいえ、それに、名前は文章の左下だって言ったでしょう。

第10題 女人正在超市買東西。女人要買的東西是多少錢？

　F：今天買什麼好呢？

　M：非常感謝今日光臨本店。現在即將進行 10 分鐘的折扣優惠活動。肉類全部半價，水果蔬菜八折。肉類半價、水果蔬菜八折。敬請盡速向賣場移動。

　F：太好了！今天就做牛排吧。……好，這種就買一個。看起來好好吃的肉喔。原本的價格是 1000 日圓呢。

女人要買的東西是多少錢？

第11題 女人和男人正在講電話。男人什麼時候要到大學去？

　F：你好，這裡是港口大學教務組。

　M：嗯，我是新生，請問四月什麼時候開始上課？

　F：啊，從四月十號開始喔。不過，在那之前的三號到六號期間會舉辦各學院的說明會及健康檢查。你是哪一間學院？

　M：經濟學院。

　F：嗯，經濟學院的說明會是四號，健康檢查是六號。兩天都務必要來。

　M：啊，可是我六號不方便……。

　F：這樣啊。如果真的沒辦法來，提前一天也沒關係。

　M：好，我知道了。謝謝。

男人什麼時候要到大學去？

第12題 女人和男人正在講話。女人叫他用什麼格式寫？注意是女人要求的格式。

　F：哎呀，這個不行啦，這封信。

　M：咦？

　F：我說過日期要在右上方的吧？

　M：啊，日期不是在左邊嗎？

　F：不是，還有，名字說過要在文章的左下方的吧？

M：はあ、名前は文章の右下だと……。

F：あのねえ、人の話はよく聞いてね。すぐ直してきて。

M：はい、すみません。

女の人はどの形式で書くように言いましたか。

Track 16 ▶

13番 テレビのニュースでアナウンサーが話しています。この会社は今年、社員をどうすると言っていますか。今年です。

F：東都電機は昨日、業績の悪化に伴い、経営の再建策を発表しました。同社は昨年5000人人員を減らし、今年は業績の回復を見込んでいました。しかし、予想したほど売上が伸びず、今年も3000人削減すると発表しました。これで2年続けての削減となりました。

この会社は今年、社員をどうすると言っていますか。

Track 17 ▶

14番 男の人と女の人が話しています。女の人の学生番号はどれですか。

M：山田さん、じゃあ、学生番号教えてください。

F：はい。ええと……「泣くな、ふみ子は」……。

M：は？なんですか、それ。

F：「なくな」は797で……。

M：ああ、「ふみこ」の「ふ」は「2つ」の「ふ」、「み」は「3つ」の「み」ですね。

F：はい。で、「ふみこ」の「こ」は「5」。

M：え、「9つ」の「こ」じゃないんですか？

F：ええ、そこがちょっとね、違うんだけど。

M：はあ、なるほど。じゃあ、最後の「は」は「は」だから「8」ですか。

F：それが、違うんですよ。「わ」は「指輪」の「輪」で丸だから……。

M：ああ、なるほど。それじゃあ……。

女の人の学生番号はどれですか。

Track 18 ▶ ♪♫♩♪♩♫♪♩｜♩♫♩♪♫♩｜♩♪♩♪♩｜♫♫♪♫♩♩｜♩♩♪♪

M：啊？我以為名字是在文章的右下方……。

F：喂，人家說話要注意聽呀。馬上去改來。

M：是，對不起。

女人叫他用什麼格式寫？

第13題 電視播報員正在播報新聞。她說到這家公司今年將會對員工怎麼樣？注意是今年。

F：隨著業績的惡化，東都電機昨日宣布經營重整策略。該公司去年裁減5000名員工，原本預估今年業績會回復。然而，銷售未如預期成長，於是宣布今年將再裁減3000名員工。這已是連續兩年裁員。

她說到這家公司今年將會對員工怎麼樣？

第14題 男人和女人正在講話。女人的學號是哪一個？

M：山田同學，請告訴我妳的學號。

F：好。嗯……「泣くな、ふみ子は（別哭，富美子）」。

M：啊？那是什麼意思？

F：「なくな」是797……。

M：啊，「ふみこ」的「ふ」是「2つ」的「ふ」，「み」是「3つ」的「み」，對吧？

F：對。然後「ふみこ」的「こ」是「5」。

M：咦，不是「9つ」的「こ」嗎？

F：嗯，那裡有點不一樣。

M：啊，原來如此。那最後的「は(wa)」因為是「は(ha)」，所以是「8」嗎？

F：不對啦。「わ」是「指輪（戒指）」的「輪」，是個圓圈，所以是……。

M：啊，原來如此。那就是……。

女人的學號是哪一個？

🗣 問題Ⅱ

🗣 問題Ⅱは絵などがありません。正しい答えを一つ選んでください。8番と9番の間に休みの音楽が入ります。では、一度練習しましょう。

Track 20→

例 町のスポーツクラブの先生が注意をしています。走ったあとは、まずどうしたらいいですか。

M：えー、これから、一緒に30分ぐらい走りますが、えー、走ったあとで、すぐに止まったり座ったりしないでください。いいですか。走ったあとは、そのまま5分ぐらいゆっくり歩いて、それから休んでください。そのあとは、水を飲んでもかまいません。

走ったあとは、まずどうしたらいいですか。

(1) 5分ぐらい座ります。

(2) 横になって休みます。

(3) 水を飲みます。

(4) ゆっくり歩きます。

🗣 正しい答えは4です。解答用紙の、問題Ⅱの、例のところを見てください。正しい答えは4ですから、「正しい」の欄の4を黒く塗ります。そして、「正しくない」の欄の1、2、3も黒く塗ります。「正しくない」答えも、忘れないで、黒く塗ってください。では、始めます。

Track 21→

1番 2人の学生が話しています。男の人は最近、授業でノートが取れないとき、どうするようになりましたか。

F：ねえ、経済原論の先生って、どう？

M：あ、あの女の先生ね。すてきだよぉ。

F：そういうことじゃなくて……。

M：あ、失礼。そうだね、説明は分かりやすいし、親切だよ。ただ、早口で、黒板の字が小さくて、時々ノートが取れないんだよね。

F：へー、それは困るね。そういうときはどうするの？

M：最初は友だちに聞いたり、自分で調べたりしてたんだけど、最近は授業のあと先生に直接聞いてるよ。その方が早いし、それに先生と話せるし。

F：あ、そう。実は、来年私もその授業受けたいと思ってるんだ。また詳しく教

問題 II 沒有圖等提示。請選出一個正確答案。第 8 題和第 9 題之間會播放一段休息音樂。那麼就先來練習一次。

〜〜

例 **市內運動俱樂部的老師正在宣布注意事項。跑步之後先做什麼好？**

M：嗯，接下來要一起跑 30 分鐘左右，嗯，跑完之後請不要馬上停步或坐下來。聽到了嗎？跑完之後，要繼續慢走 5 分鐘左右然後再休息。接著之後就可以喝水了。

跑步之後先做什麼好？

(1) 坐 5 分鐘左右

(2) 躺著休息

(3) 喝水

(4) 慢慢地走

 正確答案為 4。請看答案卡問題 II 例的部分。由於正確答案為 4，所以要將「正しい」的 4 號欄塗黑。還有，「正しくない」的 1、2、3 號欄也要塗黑。請不要忘記將「正しくない」的答案也塗黑。那麼開始測驗。

〜〜

第1題 **兩個學生正在講話。男學生最近上課沒辦法做筆記時會怎麼辦？**

F：喂，教經濟學原理的老師怎麼樣？

M：啊，那個女老師呀。非常正點唷～。

F：不是問你這個……。

M：啊，抱歉。嗯，說明簡單易懂，人又親切。只是說話快，寫黑板時字又小，有時會來不及做筆記。

F：哇，那可麻煩了。那時你都怎麼辦？

M：頭先我會問朋友或自己查，不過最近上完課就會直接問老師，因為這樣比較快，而且又可以跟老師講話。

F：啊，這樣啊。其實我正打算明年修這門課。到時再告訴我詳細點，關於課程的內容。

えて、授業の内容について。

M：うん、いいよー。

男の人は最近、授業でノートが取れないとき、どうするようになりましたか。

(1)　友だちにノートを借ります。

(2)　先生に聞きます。

(3)　友だちに相談します。

(4)　自分で調べます。

Track 22→

2番　**男の人と女の人が話しています。女の人はどんなやり方がいいと言っていますか。女の人です。**

M：最近出た、洗剤を使わない洗濯機というの、あれ、いいね。

F：あれは、洗う時間が長くかかるのよ。

M：時間がかかったっていいじゃないか。地球の環境を考えるべきだよ。

F：だけど、洗濯の時間が長くなればそれだけ電気をたくさん使うわけでしょう。

M：そうかあ。じゃあ、昔みたいに手で洗うしかないか……。

F：それはもうできないな。

M：そうだろ。

F：でも、わたしはね、今、みんな洗濯しすぎると思うのよ。昔みたいにひどく汚れたら洗うっていう意識に戻ったら、洗剤も電気も使う量を減らせると思うんだけどな。

M：うん。それとも、もっと環境にやさしい洗剤を開発するとか……。

女の人はどんなやり方がいいと言っていますか。

(1)　洗剤のいらない洗濯機を使う。

(2)　手で洗う。

(3)　洗濯の回数を減らす。

(4)　環境にいい洗剤を開発する。

Track 23→

3番　**男の人が話しています。男の人が車を使わなくなった一番の理由は何ですか。**

M：運転ですか。このごろやらなくなりましたね。実は医者に、車で通勤するのをやめて電車で通うように言われたんです。腰が痛くなって病院に行ったら、運動不足が原因だって言われちゃいましてね。まー駐車場がなかなか見つからないとか、新しい駅ができて多少便利になったとか、他にもいろいろ

M：嗯，好啊。

男學生最近上課沒辦法做筆記時會怎麼辦？

(1) 向朋友借筆記

(2) 問老師

(3) 找朋友討論

(4) 自己查

第2題 **男人和女人正在講話。女人說什麼樣的方法好？注意是女人。**

M：最近推出不用清潔劑的洗衣機，那種東西，很棒呢。

F：那個，清洗的時間會變長唷。

M：即使多花時間也沒關係不是嗎？應該為地球環境著想。

F：不過，清洗的時間越長就表示會越耗電。

M：說得也是。那難道要像以前一樣只用手洗……。

F：那已經是不可能的啦。

M：對吧。

F：不過，我覺得現在大家都洗過頭了。如果能回復到像以前是很髒再洗的觀
　　念，就能減少清潔劑和電的用量了。

M：嗯。或是開發對環境更溫和的清潔劑、……。

女人說什麼樣的方法好？

(1) 使用不須清潔劑的洗衣機

(2) 用手洗

(3) 減少清洗的次數

(4) 開發不傷環境的清潔劑

第3題 **男人正在講話。男人不再開車的最大理由是什麼？**

M：開車嗎？我這一陣子都沒開了。其實是醫生叫我不要開車而要改搭電車上
　　班。我是因為腰痛而去醫院，結果醫生說原因是運動不足。嗯，停車場不
　　好找、新車站蓋好多少變得方便了些，其他還有許多理由。況且最近宴會
　　也很多。

向及格目標邁進，加油！

理由はありますがね。それに最近、宴会も多くなりましたしね。

男の人が車を使わなくなった一番の理由は何ですか。
(1) 医者に勧められたからです。
(2) 駐車場が少ないからです。
(3) 電車のほうが便利だからです。
(4) お酒を飲む機会が増えたからです。

Track 24→

4番 女の人2人が話しています。課長はどんな人ですか。
F1：ねえ佐藤さん、20日、休み取れた？
F2：うん、課長には言ったんだけど、ちょっと。
F1：ちょっとって？
F2：うん、今、年度末でうちの課、すごく忙しいから、「今休むって、どういうことだ！」だって。
F1：そっか、あの人厳しそうだもんね。
F2：うん、すごく厳しいの。でも、自分は勝手にお休みとって、家族で海外旅行してるんだよ。それに、会社来てもインターネットばかり見て仕事してないし。
F1：ひどいねー。佐藤さんも休んだらいいよ。そんなダメ課長に気を使うことなんてないよ！

課長はどんな人ですか。
(1) 部下にも自分にも厳しい人です。
(2) 部下にも自分にも甘い人です。
(3) 部下には厳しいが、自分には甘い人です。
(4) 部下には甘いが、自分にはとても厳しい人です。

Track 25→

5番 女の人と男の人が話しています。男の人のお母さんは、どこに住みたいと言っていますか。
F：田中さん、お久しぶり。
M：あ、ごぶさたしています。
F：ご両親もお元気？
M：じつは、父が去年亡くなりまして。
F：まあ、それは知りませんでした。

男人不再開車的最大理由是什麼？

(1) 因為醫生勸告
(2) 因為停車場少
(3) 因為電車比較方便
(4) 因為喝酒的機會增多

第4題 兩個女人正在講話。科長是個怎樣的人？

F1：佐藤小姐，妳請到20號那天的假了嗎？

F2：嗯，我是跟科長說過，不過……。

F1：不過什麼？

F2：嗯，因為現在正值年度末，我們這科非常忙，所以他說「妳說現在要請假是怎麼回事！」。

F1：這樣啊，那個人看起來很嚴厲嘛。

F2：嗯，非常嚴厲。不過，他自己卻隨便請假，跟家人到國外旅行呢。而且，到公司來也只會上網，根本沒在工作。

F1：太過分了。佐藤小姐妳就休假好了。根本不用在意那個差勁科長。

科長是個怎樣的人？

(1) 對屬下對自己都很嚴厲的人
(2) 對屬下對自己都很寬容的人
(3) 是個對屬下嚴厲，但對自己寬容的人
(4) 是個對屬下寬容，但對自己非常嚴厲的人

第5題 女人和男人正在講話。男人的媽媽說她想住在哪裡？

F：田中先生，好久不見。

M：啊，久違了。

F：你爸媽好嗎？

M：其實我爸去年過世了。

F：唉，我竟然不知道。

M：それで、今母が1人なんです。遠いからこちらに来てもらうことになったんですよ。

F：じゃ、ご一緒に住まわれるのね？

M：私はそうしたいんですが、母は、1人の方が気楽だって言うんで……。

F：お元気なうちはね。

M：ええ。スープの冷めない距離に住みたいって言うんです。

F：じゃ、お宅から歩いて、5、6分のところですね。

M：ええ、それがいいって言ってるんですよ。

男の人のお母さんは、どこに住みたいと言っていますか。

(1) 男の人の家です。

(2) 男の人の家の近くです。

(3) お母さんの今の家です。

(4) お母さんの今の家の近くです。

Track 26▶

6番 男の人が話しています。地震のとき2番目に何をするように言っていますか。2番目です。

M：えー、今から地震の注意をします。地震が起こったら、まず火の始末をしてください。それから、玄関のドアを開けて、出口を確保してください。アパート、マンションにお住まいの方は、避難するときは、エレベーターはやめて階段をお使いください。ラジオでニュースを聞くのも大事ですね。

地震のとき2番目に何をするように言っていますか。

(1) 玄関のドアを開けます。

(2) エレベーターに乗ります。

(3) 火を消します。

(4) ラジオを聞きます。

Track 27▶

7番 息子とお母さんが話しています。どうして息子は怒っているのですか。

M：ねえ、部屋に入るときは、ノックしてよ。着替えてるんだから。

F：別にいいじゃない、親子なんだから。

M：そ、そんなことないよ。親子でも礼儀ってもんがあるだろう。

F：なにいってんのよ。

M：その無神経さなんだよ、嫌なのは。

M：所以現在我媽是一個人。因為很遠，所以已經請她到這裡來。

F：那你們不就可以住在一起了？

M：我是想呀，不過我媽說一個人較輕鬆自在……。

F：趁身體還健康的時候是呀。

M：嗯，所以她說想要住在一碗熱湯不會變涼的距離之內。

F：那就是離你家走路約五、六分鐘的地方囉。

M：嗯，她就說那樣比較好。

男人的媽媽說她想住在哪裡？

(1) 男人的家

(2) 男人住家的附近

(3) 她現在的家

(4) 她現在住家的附近

ന്

第6題 **男人正在講話。他說到地震時第二件事要做什麼？注意是第二件。**

M：嗯，現在開始宣布地震注意事項。地震發生時，首先請關閉火源，然後要打開大門以確保出口安全。住在公寓、大廈的人避難時，請勿搭電梯改走樓梯。另外，聽收音機播報新聞也很重要。

他說到地震時第二件事要做什麼？

(1) 打開大門

(2) 搭乘電梯

(3) 熄火

(4) 聽收音機

ന്

第7題 **兒子跟媽媽正在說話。兒子為什麼會生氣？**

M：喂，進別人的房間要敲門的嘛。我正在換衣服耶。

F：又沒關係，我們是母子呀。

M：不是那回事啦。就是母子之間也要有禮貌規矩的嘛。

F：你在說什麼啊？

M：我就是討厭妳那種粗神經的樣子啦。

どうして息子は怒っているのですか。

(1) 息子が無神経だからです。

(2) お母さんが無神経だからです。

(3) お母さんが礼儀にうるさいからです。

(4) 息子がお母さんの気持ちに配慮しないからです。

Track 28→

8番 男の人と女の人が話しています。太郎君はどうして楽しそうなのですか。

M：おいおい、きょうは朝から随分にぎやかだなあ。

F：あ、うるさくて目が覚めた？

M：いやあ、さっきから子どもの声がしてるから、あれは太郎の声だろう？

F：ええ、そうよ。

M：ずいぶん楽しそうじゃないか。新しいゲームでも買ってやったの？

F：ううん、そうじゃなくて、友だちが来てるからよ。

M：友だちって？あんな遠くからわざわざ来てくれたのかい？

F：まさか。今度の学校の同級生よ。

M：え、もう友だちができたのか。

F：そうなの。引っ越す前はなかなか友だちができなかったらどうしようって心配したんだけど、もう。

M：そうか。それであんなにはしゃいでるんだな。

太郎君はどうして楽しそうなのですか。

(1) 新しいゲームを買ってもらったからです。

(2) 前の学校の友だちが来てくれたからです。

(3) 最近引っ越してきたからです。

(4) 新しい友だちが来てくれたからです。

Track 29→

🗣 ここでちょっと休みましょう。♪♫ ♫♩♩♪ ♩ ♫♫♪♩　では、また続けます。

Track 30→

9番 男の人がある詩人について話しています。この詩人の作品が今若者の間でブームになったきっかけは何ですか。

M：このえんどうあきたろうは 20 世紀初めの詩人ですが、25 歳で亡くなったので、あまり作品は残っていません。また当時、詩人の間では高く評価され

兒子為什麼會生氣？

(1) 因為兒子粗神經

(2) 因為母親粗神經

(3) 因為母親太講究禮儀

(4) 因為兒子沒有顧慮到母親的心情

第8題 男人和女人正在講話。太郎為什麼好像很開心？

M：哦，今天一早就很熱鬧呢。

F：啊，吵醒你了嗎？

M：也沒有，我從剛才就聽到小孩子的聲音，那是太郎的聲音吧？

F：嗯，對呀。

M：他好像很開心嘛。是因為你買了新遊戲給他嗎？

F：不，才不是，是因為有朋友來。

M：朋友？特地從那麼遠的地方來呀？

F：怎麼可能。是這邊學校的同學啦。

M：咦，已經交到朋友了啊？

F：是呀。搬家前我還擔心如果不容易交到朋友怎麼辦，不過已經（交到了）。

M：原來如此。難怪會那麼嬉鬧。

太郎為什麼好像很開心？

(1) 因為得到新買給他的遊戲

(2) 因為以前學校的朋友來找他

(3) 因為最近搬來這裡

(4) 因為新朋友來找他

在此暫時休息一下。♪♩♫♩♩♩♪♩♩♫♫♪♪ 接下來，再繼續測驗。

第9題 男人正在談論某位詩人。是什麼緣由讓這位詩人的作品在現今年輕人之間蔚為風潮？

M：遠藤秋太郎是二十世紀初的詩人，由於他二十五歲時就過世，所以遺留的作品並不多。又當時雖然他在詩人之間的評價甚高，卻不為一般所知。不

向及格目標邁進，加油！

ていましたが、一般には知られていませんでした。ところが最近、テレビのコマーシャルで作品が使われてから、急に人気が高まり、今や若者の間で、大ブームになっています。その要因は、彼の作品が現代の若者の感覚に合っているからだと言われています。

この詩人の作品が今ブームになったきっかけは何ですか。

(1) この詩人が最近亡くなったことです。

(2) コマーシャルで使われたことです。

(3) 詩人の間で急に評価が高まったことです。

(4) 彼が25歳という若い詩人だからです。

Track 37

10番 お母さんとお父さんが話しています。お母さんは、太郎君のことをどう思っていますか。

F：あのね、うちの優希と同じ幼稚園の太郎君って、かわいいのよ。

M：ふーん、どうして？

F：だって、昨日ね、幼稚園の先生に、「大きくなったら、僕のお嫁さんになってください」って言ったんだって。先生、立派に言えたって喜んでらしたの。

M：ふーん、そういう、ちょっと面白い子って、どこにもいるよね。

F：でも、それがね、先生に、「そのとき、先生はおばあさんよ」って言われて、一日中元気がなかったんだって。

M：へんー。そりゃかわいそうにな。ははは。

お母さんは、太郎君のことをどう思っていますか。

(1) かわいそうだと思っている。

(2) 元気がないと思っている。

(3) 立派だと思っている。

(4) かわいいと思っている。

Track 32

11番 男の人と女の人が話しています。男の人は老人と子どもの数について、どうなると言っていますか。

M：このごろ、近所で子どもたちを見なくなったね。

F：ええ、子どもの数が減っているそうよ。

M：ますます、この傾向は強くなっていくんだろうな。

F：そうね。そのかわり元気な老人が増えていくんでしょうね。

過，自從最近他的作品被用在電視廣告中之後，人氣迅速攀升，在現今年輕人之間造成一股大熱潮。據說主要原因是因為他的作品非常貼近現代年輕人的感覺。

是什麼緣由讓這位詩人的作品在現今年輕人之間蔚為風潮？

(1) 這位詩人最近逝世
(2) 廣告中有使用
(3) 在詩人之間的評價突然提高
(4) 因為他是二十五歲的年輕詩人

第10題 母親和父親正在講話。這位母親覺得太郎怎麼樣？

F：嗯，跟我們家優希同幼稚園的太郎好可愛喔。

M：唔，怎麼說？

F：因為聽說昨天他跟幼稚園的老師說「我長大後，請妳當我的新娘」，老師就誇他真會說話很高興呢。

M：唔，像他這種稍微有趣的小孩到處也都有呀。

F：不過聽說後來呢，老師對他說「到時候老師就是老婆婆囉」，他就一整天都無精打采了。

M：哇！那樣就太可憐了。哈哈。

這位母親覺得太郎怎麼樣？

(1) 覺得他很可憐
(2) 覺得他很沒精神
(3) 覺得他很了不起
(4) 覺得他很可愛

第11題 男人和女人正在講話。男人說老年人和小孩子的人數會有什麼變化？

M：最近附近都沒看見小朋友呢。

F：嗯，聽說小孩子的人數正在減少喔。

M：這種趨勢會愈來愈明顯吧。

F：是啊。相反地，活力充沛的老年人將會逐漸增加吧。

向及格目標邁進，加油！

M：この統計見てよ。今は、まだ子どもの数のほうが多いけど、10年もしないうちに子どもと老人の割合が逆転するんじゃないかと思うよ。

F：へー、やっぱりそうなのね。

男の人は老人と子どもの数について、どうなると言っていますか。

(1) 老人の方が多くなるのに、10年もかからない。

(2) 老人の方が多くなるのに、10年はかかる。

(3) 子どもの方が多くなるのに、10年もかからない。

(4) 子どもの方が多くなるのに、10年はかかる。

Track 33▶

12番 女の人がニュース番組で話しています。農薬の工場はどうなりますか。

F：えー、次は山田市の農薬工場についてのニュースです。山田市では農薬工場の排水で、市民の健康に被害が出たため、工場は設備を改善して生産を続けてきました。この問題に対し、議会では農薬工場の今後について話し合ってきました。一部の議員からは、移転させるべきだという意見が出ました。また、別の議員からは、生産を中止させるべきだという意見も出ました。工場を建て直してから生産を続けるべきだという意見も出ましたが、本日の会議の結果、現状を維持するということになりました。

農薬の工場はどうなりますか。

(1) 移転します。

(2) 生産を中止します。

(3) 建て直します。

(4) 生産を続けます。

Track 34▶

13番 お店でお客さんと店員が話しています。お客さんはどうしますか。

M：あのー、これ白だけですか。黒あります？

F：こちらのですか。はい、少々お待ちください。黒があるかどうかちょっと見てまいります。……あのー、お客さま、あいにく……。

M：あ、そう。じゃ、これでいいです。

お客さんはどうしますか。

(1) 白いのを買う。

(2) 黒いのを買う。

(3) どちらも買わない。

(4) 白いのと黒いのと、両方買う。

M：妳看一下這份統計。雖然現在還是小孩的人數比較多，但是我認為不出十年，小孩和老人的比例會顛倒過來的。

F：哦，應該會是那樣吧。

男人說老年人和小孩子的人數會有什麼變化？

(1) 不用十年老年人會變多
(2) 需要十年老年人才會變多
(3) 不用十年小孩子會變多
(4) 需要十年小孩子才會變多

🌸🌸🌸🌸🌸🌸🌸🌸🌸🌸🌸🌸🌸🌸🌸🌸🌸🌸🌸🌸🌸🌸🌸🌸🌸🌸🌸🌸🌸🌸🌸🌸

第12題 **女人正在播報新聞節目。農藥工廠將會如何？**

F：嗯，接下來是有關山田市農藥工廠的新聞。山田市因為農藥工廠的排水危及市民的健康，因此工廠有改善設備繼續生產。針對這項問題，議會開會討論農藥工廠的今後發展。一部分議員表示應該勒令遷移，另外其他議員表示應該令其停止生產。也有意見表示應該重建工廠後再繼續生產，不過本日會議的結果是決定維持現狀。

農藥工廠將會如何？

(1) 遷移
(2) 停止生產
(3) 重建
(4) 繼續生產

🌸🌸🌸🌸🌸🌸🌸🌸🌸🌸🌸🌸🌸🌸🌸🌸🌸🌸🌸🌸🌸🌸🌸🌸🌸🌸🌸🌸🌸🌸🌸🌸

第13題 **店內顧客跟店員正在說話。顧客決定怎麼做？**

M：請問這種只有白色嗎？有沒有黑色？

F：這一種嗎？好的，請稍等，我去看一下有沒有黑色。……先生，不好意思，很不湊巧……。

M：啊，這樣啊。那就這個好了。

顧客決定怎麼做？

(1) 買白色的
(2) 買黑色的
(3) 兩個都不買
(4) 白色黑色兩個都買

向及格目標邁進，加油！

14番 授業の後、学生と先生が話しています。学生は何曜日に先生に会いますか。

F：あ、先生。質問があるんですが、後で先生のお部屋に伺ってもよろしいですか。

M：今日は午後、会議があるから、ちょっと無理だなあ。水曜日はいつも午後、会議があるんだよ。

F：そうですか……。いつならよろしいでしょうか。

M：うーん、明日も1日中、会議だけど、昼休みなら少し時間があるよ。

F：できれば、ゆっくり、分からないところをお聞きしたいのですが……。

M：うーん、じゃあ、金曜日の午後はどう？

F：すみません、金曜は、アルバイトがあるんです……。では、やっぱり明日の昼休みにお願いしてもよろしいですか。なるべく質問を少なくしますので。

M：ああ、いいよ。じゃあ、待ってるから。

F：はい、ありがとうございます。よろしくお願いいたします。

学生は何曜日に先生に会いますか。
(1) 火曜日です。
(2) 水曜日です。
(3) 木曜日です。
(4) 金曜日です。

15番 女の人がスポーツニュースでマラソンの結果について話しています。大川選手は第何位でしたか。

F：午前9時、選手が一斉に競技場をスタート。期待の大川選手、先頭集団のいい位置につきます。約20人ほどの集団のまま、ほぼ同時に折り返し点を通過。その直後、チャンスを見計らって、大川選手、集団から飛び出します。しかし、その5分後、背後から迫る山田選手に追いつかれてしまいます。激しいトップ争いになりましたが、大川、山田のスピードについていけません。ゴール直前、さらに1人に追い抜かれてしまいました。

大川選手は第何位でしたか。
(1) 第1位でした。
(2) 第2位でした。
(3) 第3位でした。
(4) 第4位でした。

これで1級の聴解試験を終わります。

第14題 下課後，學生和老師正在說話。學生星期幾要和老師見面？

F：啊，老師，我有問題，可不可以等會兒到您的辦公室打擾？

M：因為今天下午要開會，不太行。我星期三下午通常要開會。

F：這樣啊……。您什麼時候方便呢？

M：嗯…，明天也要開一整天的會，不過午休的話有一點時間。

F：可以的話，我想好好向您請教我所不懂的地方……。

M：嗯…，那星期五下午怎麼樣？

F：對不起，我星期五要打工……。那我還是明天午休時間請教您，可以嗎？
我會盡可能問少一點。

M：啊，好啊。那我等妳。

F：是，謝謝，麻煩您了。

學生星期幾要和老師見面？

(1) 星期二
(2) 星期三
(3) 星期四
(4) 星期五

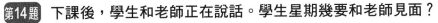

第15題 女人正在體育新聞中播報馬拉松比賽的結果。大川選手是第幾名？

F：上午九點選手一起從體育場出發。眾所期待的大川選手位於領先群中的有
利位置。約二十名左右的一群人，幾乎同時通過折返點，緊接著大川選手
看準時機從人群中飛奔而出，但是五分鐘後，被緊追在後的山田選手趕
上，形成激烈的冠軍之爭。不過，大川無法趕上山田的速度，而在接近終
點時，又被一人超越。

大川選手是第幾名？

(1) 第一名
(2) 第二名
(3) 第三名
(4) 第四名

1級的聽力測驗到此結束。

向及格目標邁進，加油！

平成 16 年度試驗平均分數統計表

※ 本表援引財團法人日本國際教育支援協會公布之
『日本語能力試驗結果の概要 2004（平成 16 年度）』報告。

平均点等　**Average Scores**

級 Lebel		文字・語彙 Writing - Vocabulary			聴解 Listening			読解・文法 Reading - Grammer			総合点 Total (注) Note		
		国内 Japan	国外 Overseas	総合 Total	国内 Japan	国外 Overseas	総合 Total	国内 Japan	国外 Overseas	総合 Total	国内 Japan	国外 Overseas	総合 Total
1	受験者数 A	33,407 (32,080)	61,743 (52,568)	95,150 (84,648)	33,393 (32,117)	61,741 (52,576)	95,134 (84,693)	33,362 (32,090)	61,725 (52,558)	95,087 (84,648)	33,340 (32,029)	61,684 (52,527)	95,024 (84,556)
	平均点 B	66.8 (68.8)	67.1 (70.0)	67.0 (69.5)	78.8 (75.8)	62.5 (62.3)	68.2 (67.4)	130.7 (125.1)	133.0 (127.5)	132.2 (126.6)	276.3 (269.8)	262.6 (259.8)	267.4 (263.6)
	標準偏差 C	14.3 (13.7)	14.7 (13.2)	14.6 (13.4)	14.6 (14.3)	20.0 (18.5)	19.9 (18.3)	31.6 (33.0)	30.9 (31.4)	31.2 (32.0)	53.1 (53.2)	55.5 (53.1)	55.1 (53.4)
	最高点 D	100 (100)	100 (100)	100 (100)	100 (100)	100 (100)	100 (100)	200 (200)	200 (200)	200 (200)	398 (400)	400 (400)	400 (400)
	最低点 E	0 (0)	0 (0)	0 (0)	3 (6)	0 (0)	0 (0)	0 (0)	0 (0)	0 (0)	72 (25)	36 (34)	36 (25)
2	受験者数 A	15,419 (12,728)	75,775 (64,532)	91,194 (77,260)	15,405 (12,735)	75,768 (64,533)	91,173 (77,268)	15,372 (12,718)	75,754 (64,509)	91,126 (77,227)	15,357 (12,700)	75,706 (64,462)	91,063 (77,162)
	平均点 B	64.6 (65.5)	65.9 (66.5)	65.6 (66.4)	70.9 (67.9)	52.0 (49.1)	55.2 (52.2)	105.5 (108.2)	108.5 (109.5)	108.0 (109.3)	241.1 (241.8)	226.4 (225.2)	228.9 (227.9)
	標準偏差 C	15.8 (16.0)	15.4 (16.2)	15.5 (16.1)	17.0 (16.1)	19.5 (17.8)	20.4 (18.9)	32.1 (36.9)	31.7 (35.5)	31.8 (35.7)	55.8 (60.2)	55.9 (59.1)	56.1 (59.6)
	最高点 D	100 (100)	100 (100)	100 (100)	100 (100)	100 (100)	100 (100)	200 (200)	200 (200)	200 (200)	394 (397)	394 (400)	394 (400)
	最低点 E	0 (0)	0 (0)	0 (0)	0 (0)	0 (0)	0 (0)	14 (15)	0 (0)	0 (0)	72 (60)	0 (23)	0 (23)
3	受験者数 A	7,350 (6,645)	65,869 (61,496)	73,219 (68,141)	7,358 (6,649)	65,861 (61,481)	73,219 (68,130)	7,357 (6,650)	65,851 (61,431)	73,208 (68,081)	7,346 (6,637)	65,801 (61,379)	73,147 (68,016)
	平均点 B	70.9 (64.6)	69.1 (64.7)	69.2 (64.7)	66.4 (70.2)	45.2 (47.0)	47.4 (49.3)	125.7 (136.6)	118.6 (125.9)	119.3 (127.0)	263.0 (271.4)	232.9 (237.7)	235.9 (241.0)
	標準偏差 C	17.8 (18.1)	16.8 (16.7)	16.9 (16.9)	18.7 (18.1)	20.6 (20.2)	21.4 (21.1)	35.6 (35.3)	36.4 (38.1)	36.4 (38.0)	64.4 (64.5)	64.6 (66.5)	65.2 (67.0)
	最高点 D	100 (100)	100 (100)	100 (100)	100 (100)	100 (100)	100 (100)	200 (200)	200 (200)	200 (200)	400 (397)	400 (400)	400 (400)
	最低点 E	0 (0)	0 (0)	0 (0)	0 (8)	0 (0)	0 (0)	13 (27)	0 (0)	0 (0)	54 (66)	1 (0)	1 (0)
4	受験者数 A	2,729 (2,475)	39,692 (36,826)	42,421 (39,301)	2,730 (2,473)	39,693 (36,848)	42,423 (39,321)	2,731 (2,471)	39,678 (36,843)	42,409 (39,314)	2,727 (2,469)	39,641 (36,801)	42,368 (39,270)
	平均点 B	78.3 (77.0)	70.9 (69.6)	71.4 (70.0)	69.4 (68.0)	49.1 (47.3)	50.4 (48.6)	131.1 (133.8)	116.2 (122.0)	117.2 (122.7)	278.8 (278.9)	236.3 (238.9)	239.1 (241.4)
	標準偏差 C	17.6 (18.4)	18.7 (19.6)	18.7 (19.6)	18.9 (19.6)	22.6 (19.6)	23.0 (20.3)	36.0 (34.4)	39.6 (37.4)	39.6 (37.4)	64.6 (64.6)	73.4 (68.5)	73.6 (68.9)
	最高点 D	100 (100)	100 (100)	100 (100)	100 (100)	100 (100)	100 (100)	200 (200)	200 (200)	200 (200)	400 (396)	400 (400)	400 (400)
	最低点 E	0 (0)	0 (0)	0 (0)	6 (6)	0 (0)	0 (0)	14 (23)	0 (0)	0 (0)	57 (69)	0 (0)	0 (0)

A : Number of examinees　B : Average score　C : Standard Deviation　D : Highest score　E : Lowest score

（注）総合点の受験者数は、「文字・語彙」「聴解」「読解・文法」のすべてを受験した者の数。
Note : The number of examinees refers to those who took all three sections of the test.
（　）内は平成15年度を示す。
The number in （　）refers to the number of those in 2003.

1 級試驗平均分數圖表

平均分數

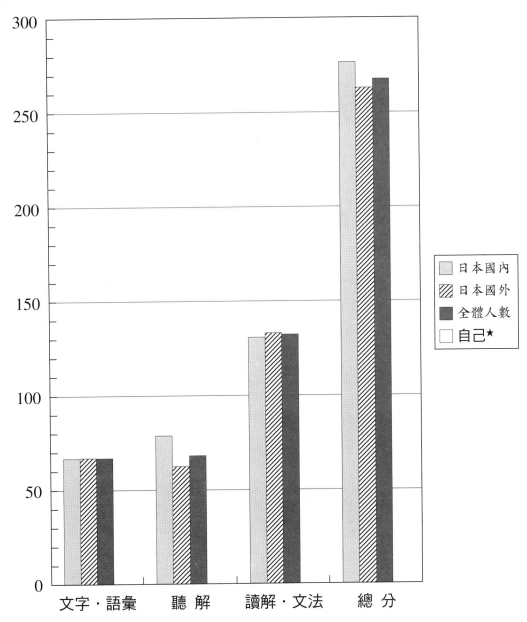

【註★】請將自己的測驗成績畫入圖表，進行個人得分落點的分析。
　　　若三項測驗成績中有任一項低於全體人數平均分數的情形
　　　時，則表示有待努力，須特別補強該項實力。

助你全力衝刺，邁向及格！！
三民日語能力檢定系列

全系列雙色印刷

系列一
文法一把抓

一套主要理解與記憶日語文法的學習書，**完全依據**《日本語能力試驗 出題基準》將文法分成四級，中文解說簡明扼要，日文例句道地自然，最適合想要通過日本語能力試驗的學習者。

▼**4**級、**3**級 打造文法基礎

▲**2**級、**1**級 精進文法實力

❀ 獨家特色
- 句型編排同時參照學校教學進程
- 期中期末各五十題考古題自我測試

❀ 獨家特色
- 統計各慣用文型歷年出題次數
- 每頁提供考古題掌握考題趨勢

系列二
檢 單

最新、最正確的日檢字庫，口袋型設計的日語單字書，**完全依據**《日本語能力試驗 出題基準》將單字分成四級，有效擴充日語字彙、記憶字義的同時，輕鬆通過日語檢定！

❀ 獨家特色
- 4級共734字，3級共685字，完整收錄《出題基準》公布之字數與詞句，絕無遺漏！
- 「同義」「反義」「關聯」等補充資訊豐富，觸類旁通、事半功倍。

2級檢單・1級檢單 即將推出 敬請期待